A MENINA
E A PIPA

LAETITIA COLOMBANI

A MENINA
E A PIPA

Tradução de Sofia Soter

intrínseca

Copyright © Éditions Grasset & Fasquelle, 2021

TÍTULO ORIGINAL
Le cerf-volant

PREPARAÇÃO
Diogo Henriques
Ana Gabriela Mano

REVISÃO
Laiane Flores

ADAPTAÇÃO DE PROJETO GRÁFICO E DIAGRAMAÇÃO
Henrique Diniz

DESIGN E IMAGENS DE CAPA
Hauptmann & Kompanie Werbeagentur, Zurique

ADAPTAÇÃO DE CAPA
Julio Moreira

CIP-BRASIL. CATALOGAÇÃO NA PUBLICAÇÃO
SINDICATO NACIONAL DOS EDITORES DE LIVROS, RJ

C68m

    Colombani, Laetitia, 1976-
        A menina e a pipa / Laetitia Colombani ; tradução Sofia Soter. - 1. ed. - Rio de Janeiro : Intrínseca, 2025.
        192 p. ; 21 cm.

        Tradução de: Le cerf-volant
        ISBN 978-85-510-1339-7

        1. Romance francês. I. Soter, Sofia. II. Título.

25-95940   CDD: 843
                                                      CDU: 82-31(44)

Gabriela Faray Ferreira Lopes - Bibliotecária - CRB-7/6643

[2025]
Todos os direitos desta edição reservados à
EDITORA INTRÍNSECA LTDA.
Av. das Américas, 500, bloco 12, sala 303
22640-904 – Barra da Tijuca
Rio de Janeiro – RJ
Tel./Fax: (21) 3206-7400
www.intrinseca.com.br

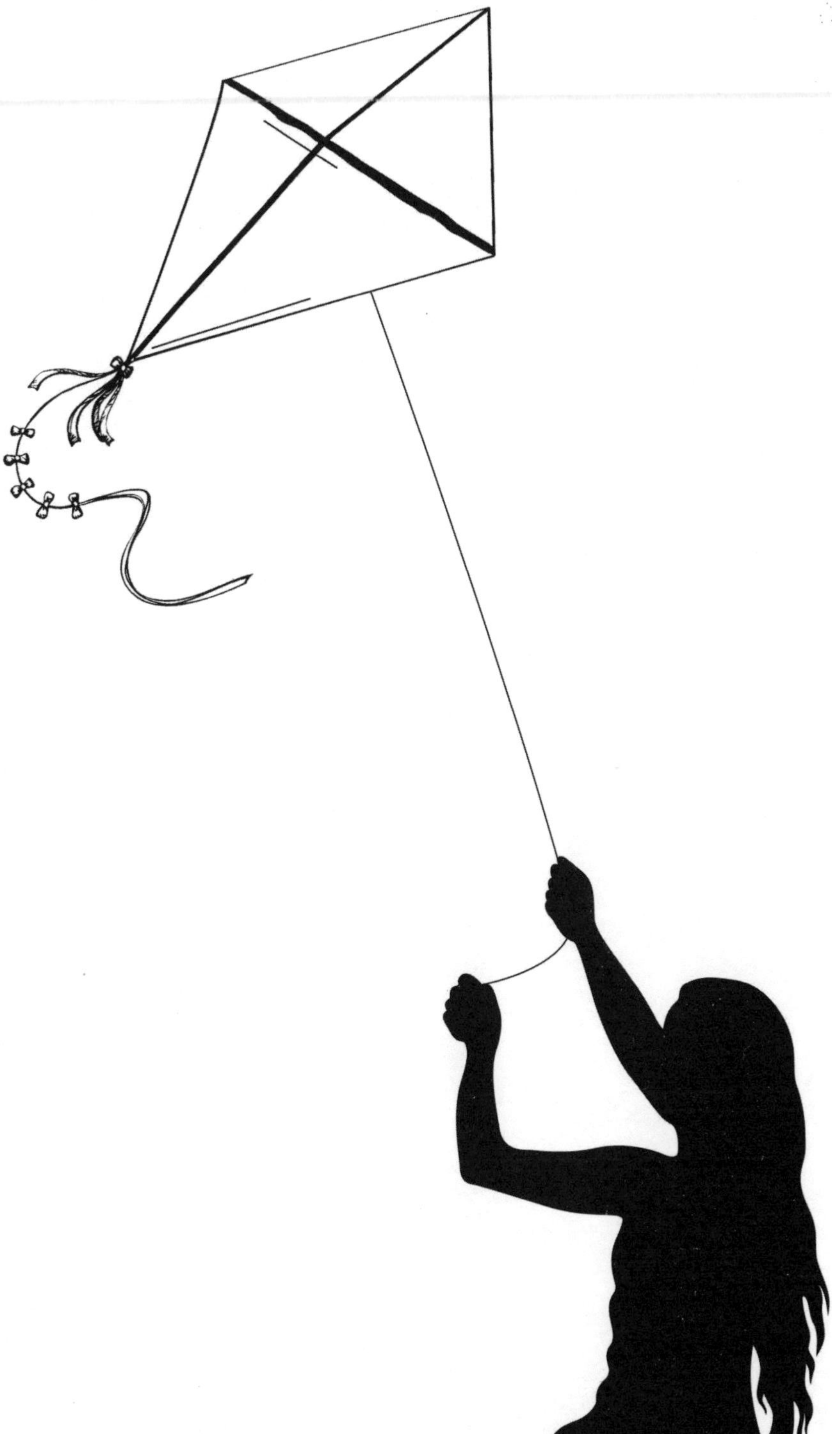

Para Jacques
Para as crianças do deserto do Thar
Para minha mãe, que ensinou a vida toda

Em memória de Dany, que se juntou às pipas no céu.

"Não caminhe à minha frente, pois talvez eu não a siga. Não caminhe atrás de mim, pois talvez eu não a proteja. Caminhe a meu lado e seja simplesmente minha amiga."

ALBERT CAMUS

"A tristeza é grande, mas o ser humano é maior do que a tristeza."

RABINDRANATH TAGORE

Prólogo

*Cidade de Mahabalipuram,
distrito de Kanchipuram,
Tâmil Nadu, Índia.*

Léna desperta com uma sensação estranha, um frio inédito na barriga. O sol acaba de nascer em Mahabalipuram. Já faz calor na cabana anexa à escola. De acordo com a previsão, a temperatura máxima do dia deve chegar perto de quarenta graus. Léna se recusou a instalar um aparelho de ar-condicionado — as outras moradias do bairro não têm, então por que a dela seria exceção? Um ventilador simples agita o ar sufocante do ambiente. O mar ali perto oferece apenas um sopro carregado, um hálito fétido de peixe seco azedo que corrompe o cheiro da maré. Uma volta às aulas asfixiante sob um céu de chumbo. Nessa região do mundo é assim, o ano escolar começa em julho.

As crianças não tardarão a chegar. Às oito e meia em ponto, vão passar pela porta, atravessar o pátio e entrar correndo na única sala de aula, um pouco desajeitadas no uniforme novo em folha. Léna aguardou, esperou, imaginou mil vezes esse dia. Ela pensa na energia que precisou dedicar para trazer à vida esse projeto — um projeto louco, absurdo, nascido de sua vontade. Como uma flor-de-lótus brotando no vaso, a escolinha floresceu na periferia dessa cidade costeira que alguns ainda chamam de vilarejo. Milhares de pessoas se aglomeram ali, às margens do Golfo de Bengala, entre os templos ancestrais e a praia onde se misturam, de maneira indistinta, vacas, pescadores e peregrinos. Com paredes pintadas e um pátio que se estende ao redor de uma única árvore, uma enorme figueira-de-bengala, a construção não tem nada de ostentatório e se mescla humildemente à paisagem. Ninguém adivinharia que sua existência seja fruto de um milagre. Léna deveria se alegrar, acolher o instante como quem celebra uma festa, uma vitória, uma conquista.

Entretanto, ela não consegue se levantar. O corpo pesa como chumbo. À noite, os fantasmas voltaram para assombrá-la. Léna tinha se revirado na cama incessantemente antes de cair em um sono superficial em que presente e passado se misturaram: se viu voltando às aulas como professora, com fichas a preencher, listas de materiais necessários, aulas a preparar. Ela amava a efervescência do retorno das longas férias de verão. O cheiro dos cadernos novos, os lápis, as canetas que recheavam o couro macio dos estojos, as agendas impecáveis, as lousas recém-lavadas que lhe causavam uma alegria indizível, a certeza reconfortante do eterno recomeço. Ela se imagina em casa, nos corredores do colégio, ativa, apressada. A felicidade estava ali presente, escondida nos instantes ínfimos do cotidiano, cuja regularidade lhe oferecia a impressão de uma existência imutável, protegida.

Essa vida que tivera lhe parece muito distante agora. Ao trazer à tona essas lembranças, Léna sente como se estivesse boiando em um mar de angústia do qual não sabe como escapar. A dúvida a atinge de repente. O que ela está fazendo ali, nos cafundós do subcontinente indiano, a anos-luz de casa? Que capricho estranho do destino a levou àquele vilarejo de nome impronunciável onde ninguém a esperava, onde a existência é tão áspera e acidentada quanto os costumes dos habitantes? O que tinha ido procurar ali? A Índia arrancou dela as referências e as certezas que guardava consigo. Nesse novo mundo, Léna imaginou dissolver o próprio sofrimento — tentativa humana, pobre muralha que desejou construir contra a tristeza, como quem ergue castelos de areia à beira do mar revolto. A barragem não aguentou. O pesar a alcança, gruda na pele como roupas ensopadas de umidade no verão. Volta, intacto, nesse primeiro dia de aulas.

Da cama, ela escuta chegarem os primeiros alunos. Eles acordaram cedo, febris — se lembrarão desse dia para sempre —, e já se atropelam na entrada do pátio. Léna não consegue se mexer, incapaz de sair para recebê-los. Repreende-se por esse abandono. Fracassar logo agora, depois de tamanho esforço... Que decepcionante. Aquela empreitada exigiu coragem, paciência e determinação. Elaborar o estatuto e obter as autorizações não era suficiente. Com sua típica ingenuidade ocidental, Léna achava que os moradores do bairro se apressariam em mandar os filhos para a escola, felicíssimos por oferecer a eles a educação que a sociedade até então tinha lhes recusado. Ela não esperava ter de se esforçar tanto para convencê-los. Arroz, lentilhas e *chapatis** foram seus maiores aliados. Aqui eles serão alimentados, prometeu ela. Barriga cheia, um argumento de peso para aquelas famílias muitas vezes grandes e esfomeadas — na cidade, as mulheres chegam a ter entre dez e doze filhos.

Com alguns, a negociação foi mais árdua. Dou uma, mas fico com a outra, dissera uma das mães do bairro, apontando as filhas. Léna logo entendeu a triste realidade escondida por trás daquelas palavras. Ali, os menores trabalham como os mais velhos, são fonte de renda. Labutam nos moinhos de arroz, em meio ao pó e ao barulho ensurdecedor dos trituradores, nas tecelagens, nas olarias, nas minas, nas fazendas, nas plantações de jasmim, de chá, nos cultivos de castanha-de-caju, nas vidraçarias, nas fábricas de fósforo e de cigarro, nos arrozais, nos lixões a céu aberto. São vendedores, engraxates, pedintes, trapeiros, lavradores, pedreiros, condutores de riquixá. Embora soubesse disso em teoria, foi depois de se instalar ali que Léna entendeu plenamente: a Índia é o maior mercado de mão de obra infantil do mundo. Ela viu reportagens sobre as manufaturas do chamado *Carpet Belt*, o "Cinturão dos Tapetes", no norte, onde as crianças são acorrentadas aos teares e passam vinte horas por dia trabalhando, o ano todo. Uma forma moderna de escravidão que mói as camadas mais pobres da sociedade. A comunidade dos intocáveis é a

---

* Pães tradicionais indianos sem fermento.

principal envolvida. Considerados impuros, eles são subjugados desde que o mundo é mundo pelas castas tidas como superiores. Os mais novos não fogem à regra, forçados a acompanhar os mais velhos nas tarefas mais ingratas. Léna viu crianças, no fundo das cabanas do vilarejo, enrolarem *beedies** entre os dedos ágeis, do amanhecer até o breu da noite. É claro que as autoridades disfarçam essas práticas: oficialmente, a lei proíbe o trabalho de menores de 14 anos, mas prevê uma exceção relevante, "no caso de serem empregados a cargo de uma empresa familiar"... Uma pequena cláusula que abarca a maioria das crianças exploradas. Poucas linhas, mas que amputam o destino de milhões de crianças. As meninas são as primeiras vítimas do trabalho forçado. Obrigadas a ficar em casa, elas cuidam dos irmãos e das irmãs mais novas, cozinham, buscam água e lenha, fazem faxina, lavam louça e roupa, o dia inteiro.

Diante dos pais, Léna não se deixou abater. Arriscou-se em negociações inacreditáveis, jurando reembolsar em arroz o equivalente ao salário das crianças, de modo que compensasse a perda em renda das famílias. O destino de uma criança por um saco de arroz, um comércio estranho a que ela se entregou sem escrúpulos. Qualquer método é válido, disse a si mesma. Na luta pela educação, tudo é permitido. Léna se mostrou teimosa, de obstinação ferrenha. E, hoje, ali estão as crianças.

Preocupado por não a ver no pátio, um dos alunos se dirige à casinha de cortinas fechadas — todos sabem que

---

* Cigarros de tabaco enrolados em folhas de ébano de Coromandel.

ela mora ali, naquele anexo da escola que serve ao mesmo tempo de quarto e escritório. Ele deve pensar que ela não acordou, então se põe a bater na porta, gritando uma das únicas palavras em inglês que aprendeu: "*School! School!*" Essa exclamação repentina é um chamado, um hino à vida.

Essa palavra, Léna conhece muito bem. Foi a ela que dedicou vinte anos. Desde que se lembra, sempre quis dar aulas. Quando eu crescer, vou ser professora, afirmava ainda criança. Um sonho corriqueiro, na opinião de alguns. Entretanto, seu caminho a levou para longe do lugar-comum, àquela cidadezinha de Tâmil Nadu, entre Chennai e Puducherry, na choupana em que agora se deita. Você tem o fogo sagrado, costumava dizer um dos professores da universidade. Embora Léna reconheça que esses anos de magistério erodiram seu fervor e energia, suas convicções permanecem intocadas: na educação como ferramenta de construção maciça, ela segue acreditando.

"As crianças têm tudo, exceto aquilo que tiramos delas", escreveu Jacques Prévert — a frase a guiou como um mantra naquela odisseia. Léna quer ser aquela a devolver aos alunos o que lhes foi arrancado. Às vezes, ela os imagina entrando na universidade, tornando-se engenheiros, químicos, médicos, professores, contadores ou agrônomos. Quando reconquistarem aquele território que lhes foi negado por tanto tempo, ela poderá dizer à cidade inteira: Vejam essas crianças, um dia elas ordenarão o mundo, que será ainda melhor, porque se tornará maior e mais justo. Há certo candor nessa ideia, e orgulho, é claro, mas também amor e, acima de tudo, fé na profissão.

* * *

"*School! School!*" O menino continua a gritar a palavra, como uma afronta à miséria, um pontapé capaz de derrubar as castas milenares da Índia, embaralhar as cartas da sociedade. Uma palavra em forma de promessa, um visto para outra vida. Mais do que uma esperança: uma saudação. Léna sabe que, assim que essas crianças passarem pela porta da escola, penetrarem entre suas paredes, a vida deixará de ser hostil e se abrirá para uma certeza: a de que a educação é a única oportunidade de se libertar do destino a que o nascimento as condenou.

School. A palavra é uma flecha que atinge seu peito em cheio. Ela a reanima, espanta as angústias do passado, traz Léna de volta ao presente, incitando-a a se levantar. Léna se veste, sai da choupana e encontra um espetáculo impressionante: o pátio repleto de alunos brincando ao redor da árvore. São bonitos, com olhos pretos de azeviche, cabelos desgrenhados e sorrisos desdentados. Léna gostaria de capturar essa imagem, guardá-la para sempre na tela do pensamento.

A menininha também está ali. Ela se detém, ereta e orgulhosa, em meio à agitação e à algazarra. Não participa das brincadeiras nem das discussões. Simplesmente fica ali, e sua presença justifica, por si só, todos os conflitos dos últimos meses. Léna observa seu rosto, seu cabelo trançado, sua silhueta magrela no uniforme escolar que ela porta como um estandarte, uma roupa que, mais do que um pedaço de pano, é uma vitória. O sonho de outra, que agora realizam juntas, hoje mesmo.

Léna faz sinal para a menina. A criança se aproxima do sino e o sacode vigorosamente. Nesse gesto há mais do que energia: há certa afirmação de si, uma confiança renovada no futuro, que comove Léna. O tilintar ressoa na claridade da manhã. As brincadeiras e os gritos se interrompem. Os alunos se dirigem à sala de paredes brancas, passam pela porta, sentam-se no tapete e pegam os livros e cadernos que Léna oferece. Olham para ela e, de repente, faz-se silêncio, um silêncio tão profundo que seria possível ouvir o voo até do menor inseto. Na barriga de Léna, o frio se intensifica. Ela respira fundo.

E começa a aula.

PRIMEIRA PARTE
A menina na praia

Capítulo 1

Dois anos antes.

Apesar da hora tardia, o ar abafado a sufoca desde a descida do avião. Léna desembarca no aeroporto de Chennai, onde dezenas de funcionários já cumprem com suas funções no escuro, descarregando o conteúdo da aeronave que acaba de pousar. De feições amassadas pela viagem interminável, Léna recupera a bagagem, passa pela alfândega e sai do vasto saguão refrigerado pela porta dupla de vidro. Pisa do lado de fora e lá está a Índia, toda ela, logo à sua frente. O país a agarra pelo pescoço feito um animal enfurecido.

Léna é imediatamente invadida pela densidade da multidão e pelo barulho das buzinas do engarrafamento que se forma em plena madrugada. Agarrada às próprias malas, ela é interpelada por todo canto, solicitada por mil mãos sem rosto que a puxam, propõem táxis, riquixás, tentam carregar a bagagem em troca de algumas rupias. Nem saberia dizer como acabou no banco de trás de um carro amassado, cujo bagageiro o motorista tentou fechar em vão, antes de deixá-lo escancarado e desatar em um discurso interminável que mistura indiscriminadamente tâmil e inglês. *Super driver!*, repete ele sem parar, enquanto Léna olha preocupada para a mala, que ameaça cair em cada curva. Zonza, ela observa a circulação densa, as bicicletas derrapando entre caminhões, as motos que equilibram três, quatro passageiros de uma vez, adultos, velhos ou crianças, sem capacete, de cabelo ao vento, as pessoas sentadas no meio-fio, os ambulantes, os templos, antigos e modernos, decorados com guirlandas, os grupos de turistas aglomerados em frente aos restaurantes, as barracas decadentes diante das quais vagam pedintes. O mundo se espalha por todo lado, pensa ela, à beira da estrada, nas ruas, na praia cuja costa o táxi percorre. Nunca, em nenhuma viagem que já fez, viu nada assim. O espetáculo a fascina tanto quanto a apavora.

O motorista por fim para em frente à hospedaria, um estabelecimento sóbrio e discreto, com boas avaliações nos sites de reserva. Não é um lugar nada luxuoso, mas tem quartos com vista para o mar — a única exigência de Léna, sua única necessidade.

Partir, dar o fora daquela cidade, foi uma ideia que se impôs a ela, em uma noite insone, como algo evidente. Ir para longe, para enfim se encontrar. Esquecer seus rituais, seu cotidiano, sua vida organizada. Na casa silenciosa, onde toda foto, todo objeto, lembra o passado, ela temia ficar paralisada na angústia, como uma estátua de cera em um museu. Sob outro céu, outra latitude, poderia recuperar o fôlego, cicatrizar as feridas. A distância às vezes é saudável. Ela sente que precisa de sol, de luz. De mar.

E por que não a Índia? Ela e François tinham prometido fazer aquela viagem, mas o projeto se perdeu, como tantos outros que se formam e se perdem por falta de tempo, de energia, de disponibilidade. A vida andou, com seu desfile de aulas, reuniões, conselhos de classe, excursões de fim de ano, todos os momentos cuja sequência ocupou seus dias. Ela não viu o tempo passar, carregada pela corrente, pela ebulição do cotidiano que a absorveu por inteiro. Amou esses anos densos, ritmados. Na época, era uma mulher apaixonada, uma professora dedicada, entusiasmada pela profissão. A dança se interrompeu, drasticamente, em uma tarde de julho.

É preciso se manter firme, resistir ao vazio. Não esmorecer.

Sua escolha incidiu sobre a costa de Coromandel, no limite do Golfo de Bengala, cujo nome é, por si só, uma promessa de exílio. Dizem que o nascer do sol no mar é de uma beleza única. François sonhava com esse lugar. Às vezes, Léna mente para si própria. Finge que ele está lá, aguardando-a na praia, ao fim de determinado caminho, ou em uma cidadezinha qualquer. É tão doce acreditar, enganar-se... Infelizmente, a ilusão dura apenas um instante. E a dor retorna junto da tristeza. Certa noite, movida por um impulso, Léna compra a passagem de avião e reserva um quarto de hotel. Não se trata de um ato impensado; é um ímpeto que obedece a um chamado, uma ordem que foge à razão.

* * *

Nos primeiros dias, ela sai pouco. Lê, recebe massagens, bebe infusões no centro de tratamento ayurvédico do estabelecimento, descansa no pátio arborizado. O ambiente é agradável, propício para o relaxamento, e os funcionários são atenciosos e discretos. Mas Léna não consegue se entregar e represar o fluxo dos pensamentos. À noite, dorme mal, tem pesadelos, decide tomar os comprimidos que a deixam sonolenta o dia inteiro. Durante as refeições, se mantém afastada, sem a menor vontade de aguentar a conversa forçada dos outros clientes, de entrar em papos furados na sala de jantar, de responder às perguntas que poderiam surgir. Prefere ficar no quarto, onde belisca, sem apetite, um prato no canto da cama. A companhia dos outros pesa tanto quanto a sua própria. Além do mais, ela sofre com o clima: o calor a deixa indisposta, assim como a umidade.

Léna não participa de nenhuma excursão, não visita nenhum lugar dessa região tão valorizada pelos turistas. Em outra vida, seria a primeira a ir atrás dos guias de viagem, a se jogar em uma exploração vigorosa dos arredores. No momento, carece de força. Sente-se incapaz de demonstrar fascínio pelo que quer que seja, de exprimir qualquer curiosidade pelo que a cerca, como se o mundo tivesse se esvaziado de substância e oferecesse apenas um espaço vazio e desencarnado.

Certo dia, ela sai do hotel ao amanhecer e caminha um pouco pela praia ainda deserta. Apenas os pescadores estão na ativa, entre os barcos coloridos, remendando as redes que formam leves montinhos a seus pés, que lembram nuvens espumantes. Léna se senta na areia e vê o sol nascer.

A imagem estranhamente a acalma, como se a certeza da iminência do novo dia aliviasse seu sofrimento. Ela tira a roupa e entra na água. O frescor do mar na pele a sossega. Tem a impressão de que poderia nadar assim, eternamente, até se dissolver nas ondas suaves que a acalentam.

Assim, desenvolve o hábito de tomar banho de mar enquanto todos ainda dormem. Mais tarde, a praia vira um espaço que vibra de gente, onde se misturam os peregrinos que mergulham de roupa, os ocidentais loucos por fotos, as vendedoras de peixe fresco, os camelôs, as vacas que apenas veem todos passarem. Mas, no amanhecer, o ambiente não é perturbado por nem um ruído sequer. Virgem de toda presença, ele oferece a Léna um templo a céu aberto, um refúgio de paz e silêncio.

Uma ideia às vezes lhe ocorre quando ela nada no fundo: bastaria ir um pouco mais longe, pedir um último esforço ao corpo exausto. Seria tranquilo derreter-se nos elementos, sem fazer barulho. Contudo, ela sempre acaba voltando à margem e subindo até o hotel, onde o café da manhã a aguarda.

De vez em quando, ela vê uma pipa no horizonte. É um objeto de sorte, remendado inúmeras vezes, puxado por uma criança. Ela é tão miúda e frágil que parece prestes a decolar, pendurada no fio de náilon como o Pequeno Príncipe nos pássaros, naquela ilustração de Saint-Exupéry de que Léna tanto gosta. Ela se pergunta o que a menina faz ali, naquela praia, naquele horário em que só os pescadores estão de pé. A brincadeira dura alguns minutos, até que a menina se afasta e some.

Nesse dia, Léna desce como de costume, o rosto marcado pela insônia — estado a que já se habituou. A exaustão se instalou nela — nessa ardência nos olhos, nesse mal-estar vago que lhe tira o apetite, nesse peso nas pernas, nessa vertigem, nessa dor de cabeça persistente. O céu está limpo, de um azul infinito, sem nuvens. No futuro, ao tentar recompor a sequência de acontecimentos, Léna não conseguirá desenhar o percurso. Ela calculou mal sua força? Ou ignorou de propósito o perigo da maré alta, o vento que subia na alvorada? Quando se prepara para voltar, a força da correnteza a pega de surpresa e a puxa de volta ao fundo. Por um reflexo de sobrevivência, ela tenta, de início, lutar contra o mar. Mas seu esforço é em vão. A água logo triunfa sobre a pouca reserva de energia que sobrou das noites sem sono. A última coisa que Léna distingue antes de afundar é a silhueta de uma pipa flutuando no canto do céu.

Quando ela abre os olhos na praia, surge o rosto de uma criança. Dois olhinhos escuros a fitam, ardentes, como se, por sua intensidade, tentassem revivê-la. Sombras vermelhas e pretas se alvoroçam, trocam interjeições afobadas cujo sentido Léna não compreende. A imagem da criança se emaranha no tumulto geral antes de se dissipar por inteiro em meio à aglomeração que se forma.

Capítulo 2

Léna acorda em um cenário branco e enevoado, sob um aglomerado de jovens mulheres debruçadas sobre ela. Uma mulher mais velha as expulsa como se enxotasse moscas. *A senhora está no hospital!*, clama em um inglês embolado pelo forte sotaque indiano. *É um milagre que esteja viva*, continua. *A correnteza aqui é forte, os turistas não tomam cuidado. Acontecem muitos acidentes.* Ela a ausculta antes de concluir, em tom apaziguador: *Foi mais um susto do que qualquer outra coisa, mas vamos mantê-la sob observação.* Diante desse anúncio, Léna quase desmaia outra vez. *Estou me sentindo bem*, mente. *Posso ir embora.* A verdade é que ela está exausta. O corpo inteiro dói, como se tivesse sido espancada, ou jogada na centrífuga da máquina de lavar. Seu protesto é em vão. *Descanse!*, ordena a enfermeira, por fim, e sai, deixando-a em seu leito.

Descansar, aqui? A recomendação chega a ser irônica... Ao seu redor, o hospital é tão agitado quanto uma estrada indiana no meio do dia. Alguns pacientes esperam, agrupados no corredor, enquanto outros comem. Ainda há os que xingam os funcionários, que parecem sobrecarregados. Na sala ao lado, uma moça se enfurece com o médico que tenta examiná-la. Perto dela está o grupo de jovens que se aglomeraram à cabeceira de Léna. Em sua maioria adolescentes, elas usam roupas idênticas, *salwar kameez** preto e vermelho. Parecem obedecer à autoridade da moça que, com pressa de ir embora, tenta arrancar do braço o monitor de pressão. Para enorme frustração do médico, ela logo escapa, acompanhada pela tropa que a segue.

Léna, intrigada, observa enquanto o grupo se afasta. *Quem são essas garotas? O que estão fazendo aqui?* A enfermeira explica: *É a Brigada Vermelha. Foram elas que socorreram a senhora. Estavam treinando perto da praia, e uma menininha foi chamá-las.* Léna fica estupefata. Ela não se lembra do que aconteceu, pelo menos não muito. Imagens desordenadas lhe vêm à mente, como se recortadas de um filme cujos rolos foram embolados. Léna vê a pipa no céu, o rosto de uma criança debruçada sobre ela. Sem mais comentários, a enfermeira tira da blusa um papelzinho para lhe entregar: é um mantra. *Quando sair daqui, vá ao templo agradecer a Shiva*, murmura. *Em geral, se oferecem flores ou frutas, ou objetos mais preciosos. Tem até quem ofereça o próprio cabelo...* Que ideia engraçada, pensa Léna, que não tem energia para discutir e muito menos coragem para explicar que não acredita em nada, nem em Deus nem

---

* Túnica indiana usada sobre uma calça larga.

em ninguém. Ela aceita o mantra, dócil, antes de se entregar ao limbo de um sono agitado.

De volta ao hotel, Léna passa dois dias e duas noites dormindo, como se seu corpo tivesse finalmente aceitado o repouso depois de se aproximar da morte. No amanhecer do terceiro dia, ela acorda estranhamente relaxada. Da varanda do quarto, admira o mar impassível, indiferente a seus tormentos. Ela quase morreu, mas não sente medo nenhum. Já faz algum tempo que chega a se sentir intrigada por essa perspectiva, embora não tenha coragem de encará-la de frente. A ideia de viver a apavora mais do que a de um fim escolhido e anunciado. Por que ela foi salva?, se pergunta. Que capricho do destino decidiu mantê-la viva? Léna pensa nas meninas da brigada que estavam no hospital. É a elas que deve seu agradecimento, e não ao deus de quatro braços, cuja imagem em postura de lótus já viu inúmeras vezes nos estúdios de ioga que frequentou.

Léna desce para conversar com o recepcionista, que a cumprimenta com formalidade. Ao ouvi-la falar da Brigada Vermelha, ele fecha a cara. Todo mundo ali conhece a brigada, é o que comenta, um grupo de garotas que praticam autodefesa e assumiram a missão de cuidar da segurança das mulheres do bairro. Elas patrulham a praia e as ruas da cidade; também são vistas na região do mercado. Ele recomenda que Léna não chegue perto delas, para evitar problemas. A chefe do grupo é cabeça quente, além de muito conhecida pela polícia, que vê com maus olhos a justiça paralela que a brigada tenta impor.

Apesar da advertência, Léna decide procurar por elas. Já que não vai honrar Shiva, pretende agradecer àquelas que a resgataram. Como expressar sua gratidão? Depois de pensar bem, ela pega um envelope e enche de dinheiro. Nesse vilarejo, onde a maioria dos habitantes vive abaixo da linha da pobreza, uma contribuição financeira certamente ajudará. Ela hesita ao calcular a quantia: qual é o preço de uma vida salva? Quanto vale a própria vida?

Após separar alguns milhares de rupias, Léna sai do hotel para a praia. Caminha pela areia, observando os indivíduos em movimento, de um lado para o outro... Mas não vê nem sinal da pequena tropa. Ela aborda um grupo de homens de idade indeterminada que estão remendando redes: eles não falam inglês. Um pouco mais adiante, mulheres leiloam peixe fresco e lagostas de casca prateada. Léna as aborda, também sem sucesso. Ela passa pelos restaurantes de placas coloridas que ladeiam a orla, pelas barracas que oferecem suco fresco de fruta, pelas cabanas que vendem amendoim e conchas pintadas, pelas oficinas de conserto de barco nos quais operários trabalham nas embarcações de proa fina. Crianças correm atrás de uma bola, escorregando entre as vacas de chifres decorados que repousam deitadas perto da água. Léna fica espantada com aquele espetáculo curioso ao qual todos parecem habituados. Interrompe os meninos para questioná-los, mas eles balançam a cabeça e retomam a corrida desenfreada.

Ela sai da beira-mar para adentrar um cruzamento de ruelas, onde se alternam vendedores de *dhosas*, sapateiros, barracas em que homens suados manipulam ferros de passar enormes, lojas de cores desbotadas que anunciam ao mesmo tempo especiarias, esculturas, incensos, pilhas, doces e fraldas. Tudo que a Índia produz, inventa ou recicla se encontra ali, naquelas vitrines empoeiradas em que o tempo pareceu parar. Uma das lojas expõe até mesmo uma variedade de olhos de vidro e dentaduras de segunda mão, que Léna observa, estupefata. Riquixás obstruem a passagem, vira-latas se esfregam em suas pernas, lambretas buzinam com força, em meio aos gritos dos motoristas, para que ela saia da frente. Léna acaba chegando à praça do mercado, onde se estendem barracas de flores, de frutas, de peixe fresco. Mil cores e outros mil cheiros a invadem, saturam seus sentidos atarantados nesses corredores que transbordam de gente e vibram com o ruído.

Ela vaga pela multidão, em meio a moradores carregados de sacolas e cestas. O mercado lembra um formigueiro. As pessoas se acotovelam para comprar lentilha, batata-doce, *jalebi* fresquinho, pigmentos coloridos, tecido, chá, coco, cardamomo ou curry em pó. Léna observa um homem trançar uma guirlanda de cravos quando uma estranha procissão chama a atenção dela. Perto dali, umas quinze garotas munidas de bandeirolas e fotos atravessam os corredores, cantando: *Justiça para Priya*. As imagens mostram uma jovem indiana, nitidamente vítima de um estupro coletivo. Léna reconhece na mesma hora a tropa do hospital. Liderando o cortejo, a chefe conduz a dança no ritmo do tambor. De pele escura e olhos pretos, é animada por um fervor contagiante, por uma autoridade natural que intensifica sua presença e atrai o olhar dos transeuntes, que param para escutá-la. Apesar da pouca idade

— a garota não deve ter mais de 20 anos —, ela transmite uma maturidade impressionante. Léna não entende uma palavra do discurso, mas fica fascinada por sua determinação e energia.

A manifestação logo é interrompida por um policial, que tenta dispersá-la. A líder se recusa a ceder. O grupo a cerca para dar força e sobe o tom. Espectadores se intrometem, seja contra ou a favor. Em um gesto de raiva, o policial pega os panfletos que as jovens distribuíam e os joga para longe. Nada assustada, a líder começa a gritar, despejando nele uma série de xingamentos que nem precisam de tradução. Ela parece incrivelmente forte, preparada para enfrentar qualquer ataque, qualquer tentativa de intimidação. Após alguns minutos, durante os quais o resultado do confronto parece incerto, o policial acaba indo embora, de dedo em riste, e dispara o que parece ser uma advertência — ou talvez uma ameaça. Indiferente, a garota dá de ombros e começa a recolher os panfletos espalhados. Léna pega um dos folhetos que caiu a seus pés. Ele traz uma foto do grupo em postura de combate, sob o logo vermelho e preto: rostos femininos entrelaçados em um punho cerrado. "Não seja uma vítima, junte-se à Brigada Vermelha", clama o slogan.

Capítulo 3

Quando Léna a aborda, a chefe parece reconhecê-la imediatamente. É ela, sim, a ocidental resgatada na praia. As garotas se aglomeram ao redor de Léna, curiosas. Ela explica que quer agradecer. Com um gesto simples de cabeça, a líder resmunga algumas palavras em inglês sobre o descuido dos turistas que acham que estão acima do perigo e volta ao trabalho — ainda está recolhendo os panfletos espalhados pelo policial. Ela não demonstra solicitude, nem mesmo interesse por Léna. Um pouco desestabilizada, Léna tira da bolsa o envelope e o oferece. A chefe o observa por um bom tempo e dá de ombros. *A gente não precisa do seu dinheiro*, responde.

Nesse instante, Léna percebe que seu gesto tem um quê de impróprio, inadequado; de envelope na mão, ali no meio da feira, ela exibe uma postura que deve ser vista como de condescendência, quiçá dó. Logo se recompõe e se explica: o dinheiro não é para ela, mas para a brigada, para a causa que elas defendem. Não adianta. A moça é orgulhosa e não aceita esmola, muito menos de uma estrangeira. Uma de suas acólitas cochicha alguma coisa ao pé do ouvido da líder, indicando o dinheiro, mas a mulher a cala. Léna admira sua convicção. Nessa recusa há uma espécie de nobreza, que ela entende e respeita. *Se quiser ajudar alguém, dê o dinheiro à criança. É a ela que você deve um agradecimento,* declara a chefe por fim, antes de se afastar.

Léna acaba sozinha na feira, com o envelope na mão. Está prestes a voltar quando é abordada por uma pedinte, a quem não viu se aproximar. De magreza assustadora, a mulher carrega no colo um bebê desnutrido e, puxando a camisa de Léna, sacode na frente dela uma mamadeira vazia, suja de baba e imundícies. É difícil calcular sua idade, de tão devastada pela fome, pela precariedade extrema. Ela não tem o que comer nem o que dar para o bebê — acabou o leite de seu seio seco, o qual exibe sob a túnica rasgada. Léna fica atordoada ao ver aquele corpo descarnado, aquele bebezinho que não para de chorar. De repente, crianças surgem do nada e a cercam, puxam sua roupa. Léna fica paralisada, sem reação diante daquelas mãos esticadas, daqueles olhares de súplica. No peito, o coração ameaça explodir, e ela tem dificuldade de respirar. Ela deixa o dinheiro com as crianças, que brigam por ele aos berros, usando socos e unhas para garantir uma parte do espólio. Outras se aproximam dela de novo para pedir mais. Cercada por todos os lados, Léna não consegue se mexer, nem para fugir nem para responder a essa angústia que a apavora. Ela sente a chegada do ataque de pânico. A visão fica turva, os ouvidos começam a zumbir, e ela tenta escapar do tumulto que provocou os sintomas.

* * *

    Léna não sabe como encontra o caminho de volta ao hotel. Tremendo, sobe para se trancar no quarto e engole comprimidos a fim de se acalmar. Achava que a distância a ajudaria a cicatrizar as feridas, a se recuperar, mas foi um engano. Ela se sente ainda pior do que ao chegar. Arrepende-se de ter pisado naquele país, onde tudo é hostil, violento — a miséria, o alvoroço constante, a multidão sempre amontoada. "A Índia enlouquece", leu certa vez, e agora entende o que o autor quis dizer. Diante da angústia das crianças, ela se viu desarmada, sentiu uma impotência fatal. Adoraria deixar para trás a imagem da pedinte com o bebê, das crianças brigando pelo dinheiro. Vai fazer as malas, pegar o primeiro avião e voltar para casa. Precisa se salvar antes que o país a afogue por inteiro. Léna de repente fica paralisada só de pensar em voltar para a casa deserta e gelada, onde ninguém a espera. Pensando bem, o silêncio é mais assustador do que o barulho. Uma visão a arranca do devaneio: pela janela, notou um ponto colorido no céu. Parece uma pipa dançando ao vento, bem acima do mar.

    Em um instante, Léna esquece as elucubrações. Sai correndo do quarto, desce para a praia e dispara na direção da criança. A menina não a notou. Ela guardou o brinquedo e agora caminha na direção de um dos restaurantes à margem da orla, um *dhaba** de aspecto modesto. Léna a segue de perto e chega à entrada, pela qual a menina se meteu. Uma placa recebe os clientes com um surpreendente

---

* Restaurante de rua ou beira de estrada.

Sejam bem-vindos ao restaurante de James e Mary, enquanto outra indica a única opção de prato: peixe grelhado, com arroz e *chapatis* como acompanhamento. A pintura do estabelecimento foi castigada pelo tempo e não é capaz de mascarar a decadência da construção — o prédio lembra uma senhora idosa que, com certa ingenuidade, tentou se maquiar.

Léna entra no salão, onde, em razão do horário, já está tudo tranquilo. O tumulto do almoço já passou, e os clientes do jantar ainda não chegaram. Um homem parrudo cochila na frente da televisão, que transmite uma partida de *kabaddi*.* Perto dali, um ventilador velho espalha o ar abafado, carregado de cheiros de comida que não consegue dissipar. Curiosa, Léna observa a estátua da Virgem Maria decorada com lâmpadas que piscam, ao lado de um Cristo crucificado no mesmo estilo. Sacudido por um arroto abrupto, o homem desperta e pigarreia com espetacular aspereza ao notar a presença de Léna. Ele logo se empertiga e a convida a se sentar, mas ela explica que não está ali para comer — quer falar com a menininha que acabou de entrar. O gerente não a compreende, é certo que não fala inglês. O lugar deve ter mais clientes locais do que estrangeiros, pensa Léna. O homem insiste e repete algumas palavras decoradas, apontando o mar: *Fresh fish!* Ele então corre para a cozinha e volta com uma travessa contendo um peixe recém-pescado. Léna entende que não tem saída e acaba cedendo. Afinal, ela não se lembra de ter comido

---

* Esporte de contato muito popular na Índia.

naquele dia. Faz tempo que perdeu o apetite, em certa tarde de julho.

Obedecendo ao funcionário, ela sobe alguns degraus e chega à laje do *dhaba*, arrumada como um terraço. Dali, é possível ver o mar — o único atrativo do restaurante. A decoração é precária, com mesas e cadeiras amassadas. Há guirlandas penduradas pelos cantos, parecidas com aquelas que adornam o frontão dos templos, em uma tentativa fracassada de dar ao local um ar festivo ao cair a noite.

Perdida na contemplação do mar, Léna sequer escuta a chegada da criança. A menina aparece, silenciosa, trazendo um cesto repleto de *chapatis*. Ao ver a estrangeira, ela fica paralisada, estupefata: certamente a reconhece. Léna sorri e faz sinal para que ela se aproxime. Ali estão, enfim, os olhos que a encaravam com tamanha intensidade na praia. A menina é bonita. Pelo tamanho, parece ter uns 7 ou 8 anos, mas na verdade deve ser um pouco mais velha. Lembra um pássaro que caiu do ninho. Seus olhos grandes transmitem uma mistura de espanto e alívio por encontrar Léna ali, bem diante dela. Viva.

Capítulo 4

Léna tenta puxar assunto, mas a menina não diz nem uma palavra, nem sequer o nome. Ela some e volta com uma travessa de peixe grelhado, que Léna devora vorazmente — a refeição é simples, mas deliciosa. Depois, a menina tira a mesa e traz a conta, parecendo acostumada. Léna desce para pagar ao gerente. Tenta explicar que a filha dele lhe salvou a vida, mas ele não entende. Ela vai atrás da esposa do homem na cozinha, parabeniza-a pelo prato. A mulher, porém, tampouco fala inglês. Léna acaba indo embora do *dhaba*, deixando para o casal uma gorjeta generosa que parece ao mesmo tempo emocioná-los e espantá-los.

Ao se afastar, ela se pergunta o que poderia oferecer à criança. Não faz a menor ideia do que agradaria uma menina indiana de 10 anos. Um livro? Um brinquedo? Uma boneca? Presentes insignificantes, considerando a situação. Embora a família provavelmente não passe fome, todo o resto deve lhes fazer falta, pelo que indica o estado do restaurante. Léna pensa na ativista que recusou seu envelope;

não quer repetir a experiência. Além do mais, como saber se o dinheiro serviria ao propósito que tem em mente? Como garantir isso? Ela ouviu falar de problemas com bebida e drogas que assolam muitos moradores da região, e gostaria de encontrar um método mais direto de pagar a dívida que tem com a menina.

Na loja do hotel, ela compra uma pipa de cores chamativas. Quando volta ao *dhaba* no dia seguinte e entrega o presente à menina, vê o rosto dela se iluminar. A criança abre um sorriso que supera qualquer comentário. E logo sai correndo para a areia, para brincar com o novo artefato. O pano da pipa se agita furiosamente enquanto ela sobe ao ar, leve e ondulante.

Léna adquire o hábito de almoçar no restaurante de James e Mary. O local parece fazer sucesso entre as pessoas do bairro, que comem ali por algumas centenas de rupias — dois ou três euros por um prato feito. A comida é boa e o peixe, fresco, pescado na mesma manhã. Faz muito tempo que Léna não come assim; ela se surpreende com o próprio apetite. A menina está lá todo dia, uma sentinela quieta e fiel. Ela põe a mesa, serve e retira os pratos, leva os cardápios e os cafés, sempre com a mesma discrição. Devem ter ensinado a ela: não perturbe os clientes. Ela obedece ao patrão atarefado lá embaixo e à esposa dele, que está sempre na cozinha. Ninguém se espanta com a presença da criança. É a menina da casa, como dizem.

Toda manhã, ela desce à praia com a pipa, em alguns instantes roubados do dia que se inicia. É o único momento em que Léna a vê brincar e correr. Em que ela volta a ser criança, livre das amarras do restaurante. Léna se senta na areia e a observa correr atrás do vento. Nessa hora, que não é interrompida por nenhum ruído, elas são duas almas solitárias que compartilham o espetáculo do mar, à luz do sol nascente.

Apesar das tentativas de aproximação de Léna, a menina nunca fala. Não pronuncia nem uma palavra sequer. Ocupados com as tarefas do *dhaba*, seus pais não lhe dão a menor atenção. A única companheira da criança é uma boneca puída e remendada, que ela arrasta para todo canto como um talismã e não solta nunca.

Certo dia, Léna tem uma ideia: pega um galho na praia e escreve seu nome na areia molhada. Convida a menina a fazer o mesmo. A criança fica paralisada, desamparada. *Como você se chama?*, insiste. A menina a observa, triste, antes de se afastar. Léna fica perplexa. Aquela criança a comove de tal modo que nem sabe como descrever. Por que ela se recusa a se comunicar? Em seu silêncio há um mistério, um segredo que Léna gostaria de descobrir. Como uma tristeza distante que ela reconhece.

Na volta ao hotel, ela se detém em uma reflexão: será que a menina não sabe ler nem escrever? Se passa o dia todo trabalhando no restaurante, quando teria tempo para estudar?

Incomodada com a questão, no dia seguinte Léna vê a menina, na praia, refazer de memória as letras que ela própria desenhou: L-É-N-A. Sorri, comovida. A criança aponta o mar, a poucos passos dali. *Quer nadar? Brincar?* Não, não é isso. Com uma expressão urgente, a menina pega um galho e entrega a ela. Pronto, Léna entendeu. Ela escreve na areia a palavra SEA, em inglês. A menina olha para ela, satisfeita. Em seguida, vai buscar uma concha, a boneca e, por fim, a pipa, que abandonou por um momento. A cada vez, Léna desenha a palavra correspondente. Quando chega a hora de ir embora, a criança parte a contragosto, enquanto a maré sobe e cobre as letras que elas formaram com tanta dedicação.

Não demora para que Léna tenha certeza: a criança não frequenta a escola, sem dúvida jamais pôs os pés em uma sala de aula. Aos 10 anos, é analfabeta. Ela se esforça para copiar todas as palavras que aprendeu. Léna a encontra todas as manhãs, ocupada transcrevendo as palavras da véspera, sem um modelo a seguir, em um alfabeto que nem sequer é o seu. Ela se surpreende com a rapidez com que a menina assimila as letras. Parece até que ela fotografa as palavras e as registra antes de reconstruí-las, intactas, no caderno de areia improvisado.

Léna sabe que, ali, as classes mais pobres não têm acesso à educação. Para ela, que foi professora, é uma realidade inaceitável. É verdade que o entusiasmo e a motivação do início de carreira foram esmorecendo com o tempo, como a paixão que se perde em um casal mais velho. As turmas cheias demais, as condições materiais frequentemente precárias, os recursos insuficientes, a falta de reconhecimento geral da profissão e as decepções da administração minaram sua energia, atenuaram seu ímpeto. Nos últimos anos, ela se sentia menos investida e às vezes notava, com surpresa, que estava impaciente para a chegada do fim de semana, ou para as próximas férias. Ainda assim, continuou naquele caminho, encorajada pela certeza de que a educação é uma oportunidade, um direito fundamental, que era seu dever transmitir e compartilhar.

Como aceitar, portanto, que essa menina seja privada disso?

Léna decide que conversará com os pais dela. Precisa dar um jeito de se comunicar com eles, explicar que a filha é inteligente, que tem capacidade; que pode escapar dessa vida de miséria se eles lhe derem a possibilidade de estudar. Eles próprios devem ser analfabetos, como tantos moradores do vilarejo. Léna quer dizer que isso não é uma fatalidade, que eles têm o poder de mudar o destino ao oferecer à filha a oportunidade que lhes foi negada.

Certa tarde, ao fim do horário de almoço, Léna tenta conversar com o gerente. O homem está arrumando as mesas que a menina havia retirado. Ela se aproxima e aponta para a criança ao seu lado. *School*, diz. O homem resmunga algumas palavras em tâmil e abana a cabeça. *No school, no*. Léna não desiste. *The girl should go to school*, insiste, mas o pai segue imperturbável. Com um gesto, o homem indica o restaurante, parece querer dizer que tem mais o que fazer. *No school, no*. Para concluir a tentativa de conversa, ele acrescenta uma palavra, que atravessa Léna como um raio gelado.

Girl. No school.

A frase soa como uma pena. Uma condenação. Léna perde a voz. Ao ver a menina se afastar, munida de esponja e vassoura, tem vontade de gritar. Ela faria qualquer coisa para transformar aqueles acessórios em caneta e caderno. Infelizmente, não tem uma varinha mágica. E a Índia não lembra em nada um cenário de conto de fadas.

Nascer mulher ali é uma maldição, pensa, ao sair do *dhaba*. O apartheid começa no nascimento e se perpetua entre as gerações. Manter a ignorância das meninas é o método mais garantido de sujeitá-las, de amordaçar seus pensamentos, seus desejos. Privadas de educação, elas acabam trancadas em uma prisão da qual não têm como fugir. Qualquer esperança na evolução da sociedade é tirada delas. O conhecimento é um poder. A educação, a chave da liberdade.

Léna se enfurece por não ter resposta. Diante daquele homem cuja língua não entende, lhe faltam palavras. Entretanto, ela se recusa a sair de campo. A menina salvou sua vida; é seu dever retribuir na mesma moeda, ou ao menos tentar.

De repente, ela pensa na chefe da brigada, na determinação diante do policial na feira. A moça é uma figura local, conhecida no bairro. Sua palavra teria mais peso que a de Léna. E, de todo modo, ela poderia ao menos argumentar, ser entendida. Léna sabe que precisa de uma aliada. Sozinha, não vai conseguir nada. Se as palavras "liberdade" e "igualdade" não têm sentido ali, resta a ela a esperança na fraternidade.

No quarto, ela encontra o panfleto que pegou no chão: no verso está o endereço do quartel-general da Brigada Vermelha. Ela sai do hotel às pressas e chama um riquixá. Entrega ao condutor o panfleto com o endereço, e ele a fita com uma expressão de espanto. Num inglês enrolado, ele tenta lhe explicar que não é um bairro bom: *No good for tourist*, diz. E menciona os pontos turísticos e monumentos aos quais os estrangeiros em geral se dirigem. *Krishna's Butterball, Ratha Temples... Very beautiful!*, reitera. Léna insiste. Ao entender que não ganhará a discussão, o homem acaba por obedecer. Ao se afastarem da beira-mar, Léna vê a paisagem se transformar em uma série de moradias miseráveis, casas e barracos precários; algumas construções parecem tão frágeis que ameaçam sair voando ao menor vento. Embora esteja perto, seu hotel parece ficar a anos-luz dali. Os dois mundos se avizinham, sem nunca se cruzar. Os arredores dos pontos turísticos delimitam espaços protegidos, que não deixam atravessar nada da miséria local.

O riquixá para diante de uma garagem de blocos de cimento, ao lado de um pátio repleto de carrocerias de carros e pneus furados. Léna fica surpresa, mas o homem confirma que é aquele o endereço. Ele logo vai embora e a deixa ali, só e inquieta, em frente à construção decadente.

Capítulo 5

O agressor com frequência é alguém conhecido, diz a chefe. *Na maior parte das vezes, é um parente, um tio, um primo. Mas pode ser também um desconhecido na rua. É preciso saber reagir a qualquer momento.*
Na sala de treino estão umas dez garotas, sentadas em tapetes. Elas começaram cedo, preocupadas com o calor intenso previsto para o dia. Todas usam o uniforme preto e vermelho e acompanham com o olhar a demonstração, em silêncio absoluto, quase religioso. *Ele pode aproveitar seu* dupatta* *para imobilizar e tentar estrangular vocês*, continua a chefe. Ela então aponta para uma das meninas, que se apresenta, com ar intimidado. A chefe pega o pedaço de pano pendurado nos ombros da garota e a puxa para trás, fingindo fazer o máximo de força. Desequilibrada, a adolescente tenta se debater, leva as mãos ao pescoço. A líder a derruba no chão e, usando habilmente o joelho, a mantém presa e a asfixia. *Nessa posição, já era!*, dispara. *Não dá*

---

* Xale tradicional comprido, que serve para cobrir a cabeça e os ombros.

mais para recuperar a vantagem. Ela faz uma pausa depois dessas palavras, olhando diretamente para as jovens recrutas. Não é preciso dizer mais nada: todas sabem o que as aguarda se não puderem revidar. Ao soltar a presa, a chefe continua: *Sua vantagem é que o agressor não espera que vocês reajam. Ele vai ficar surpreso, desestabilizado.* Passando abruptamente do papel de agressor ao de agredida, ela puxa a outra garota pelo colarinho e dá uma joelhada em suas partes íntimas. É tudo tão rápido que a jovem não prevê o ataque e não tem como se proteger. *Não é questão de tamanho nem de força,* conclui, *mas de habilidade: todas vocês conseguem fazer isso. A ideia é bater nos olhos, no pescoço, nas áreas onde mais dói, para poder fugir.* Todas aquiescem, parecendo ter entendido. *A técnica para escapar de um estrangulamento é clássica,* acrescenta a chefe, *e vocês precisam dominá-la perfeitamente. Vamos lá!* Em resposta a seu sinal, as garotas formam duplas e se dedicam a reproduzir o golpe e desmontá-lo.

Léna acaba de saltar do riquixá. A cortina de ferro na parte da frente da construção está fechada. Com prudência, ela dá a volta, evitando os vira-latas que dormem em meio ao ferro-velho e aos para-choques enferrujados. Ao notar uma porta entreaberta nos fundos, dá uma olhada lá dentro: as garotas da brigada treinam sob a supervisão da líder do grupo. Léna se aproxima discretamente e observa por um momento, fascinada pela juventude e pela energia delas. Há graça, potência e fúria nesses movimentos que elas repetem incansavelmente. Parece que a vida delas depende disso — e talvez, pensa Léna, dependa mesmo. As mais novas não devem ter mais que 12 ou 13 anos. O que estão fazendo ali? O que aconteceu com elas? Ao que terão sobrevivido para estar ali, em uma garagem abandonada?

A líder não é muito mais velha do que as outras garotas, mas parece deter uma autoridade que ninguém ousa contestar. Ao mesmo tempo firme e atenciosa, ela caminha entre as fileiras para corrigir gestos, posturas, ajustar o ângulo dos punhos.
Ao redor delas, o cenário é de ruínas. As paredes estão destruídas e o chão é coberto por tapetes esfarrapados, mas ninguém parece se incomodar.

A sessão termina rápido. As garotas se despedem da professora, recolhem os pertences e saem dali. Léna toma coragem e entra na sala. A moça não notou sua presença. Está ajoelhada perto de um fogãozinho no canto, no qual posiciona uma panela contendo um líquido marrom e espesso. Ela se sobressalta ao perceber a proximidade de Léna. Fica visivelmente atordoada, tentando entender como a outra foi parar ali, naquele bairro onde os turistas não se aventuram. Como explicação, Léna mostra o panfleto que pegou na feira. Em inglês, anuncia que está ali para conversar com ela.

A interlocutora a encara antes de apontar o recipiente no fogo. *Estou fazendo* chai, *aceita?* Léna não ousa recusar. Já ouviu falar daquele chá com especiarias que é consumido em todo lugar e a qualquer hora por ali. Mais do que uma tradição, o *chai* é um requisito da cultura indiana. Enquanto a chefe se ocupa com o preparo, Léna observa melhor o ambiente. Há vários pacotes de panfletos empilhados perto de estandartes enrolados. Uma panela e alguns utensílios de cozinha estão guardados logo ao lado. Um baú de ferro entreaberto revela um monte de roupas emboladas. A presença de um espelho e de uma escova de cabelo dá a entender que a moça mora ali, naquela garagem esquecida, que certamente fica gelada no inverno e um forno no verão.

Léna se senta no tapete e aceita a xícara de metal que a anfitriã encheu de chá. No primeiro gole, ela é invadida pelo sabor picante e apimentado da mistura, surpreendentemente doce. A canela, o cardamomo e o cravo provocam uma explosão no palato. Ela não consegue conter um movimento de recuo e começa a tossir. A outra a julga, cheia de ironia. *Se estiver forte demais para você, não precisa beber*, comenta, achando graça. Entendendo que a oferta é tanto uma forma de acolhê-la quanto de testá-la, Léna se dedica a beber até a última gota da xícara. O chá é tão forte que faria um morto se levantar do caixão, pensa. Melhor assim. Depois do choque inicial, é uma delícia.

Léna aceita com prazer uma segunda xícara. A chefe a serve novamente, intrigada com aquela ocidental que não se parece em nada com os outros estrangeiros que costuma encontrar. Eles inundam os templos, as lojas de artesanato, os resorts que oferecem curas ayurvédicas e oficinas de ioga. Alguns, em jornada espiritual, se isolam nos *ashrams*. Outros, impelidos pela promessa de paraísos artificiais, se largam nas praias do sul, onde a droga é tão abundante quanto os cocos e kiwis. Isso sem mencionar os velhos adeptos do *New Age* que perderam a razão e a saúde e nunca foram embora. Léna, está nítido, não faz parte de nenhum desses grupos. O que está fazendo ali, sozinha, com aquele jeito desamparado, aquela dor que parece arrastar feito uma mala pesada demais?

Depois dos preâmbulos, Léna começa: ela encontrou a criança que salvou sua vida, como a chefe aconselhara. A menina trabalha em um restaurante, um *dhaba* na praia, de propriedade dos pais. Aos 10 anos, é analfabeta, sem nenhuma escolaridade. Léna tentou falar com o pai dela, mas ele não lhe deu ouvidos. Apesar do silêncio, Léna pressente que a menina tem habilidades — e fala isso por experiência própria, pois foi professora por mais de vinte anos na França. Ela gostaria que a moça intercedesse em seu favor, que argumentasse com a família do restaurante.

A chefe não parece impressionada com a história. *Bem-vinda à Índia*, murmura. Ali, as meninas não estudam, ou se estudam é por pouco tempo. Não se considera útil educá-las. É preferível mantê-las em casa e ocupá-las com tarefas domésticas, antes de casá-las com alguém assim que atinjam a puberdade.

A jovem espera um instante, como se hesitasse em pronunciar a palavra que, no país, é mais que um insulto, é uma condenação: *intocável. Aqui, a gente chama de* dalit, explica. Uma comunidade indesejada, desprezada pelo restante da população. Ela própria parou de estudar aos 11 anos, desencorajada pelos maus-tratos cotidianos vindos dos colegas e dos professores. A chefe descreve as agressões, as humilhações constantes. Conta que antigamente, em Kerala, o estado vizinho, pessoas como ela eram obrigadas a andar de costas, com uma vassoura, para apagar o rastro dos próprios passos, de modo a não sujar os pés dos outros habitantes que percorressem o mesmo caminho. Até hoje, são proibidas de mexer em plantas e flores, pois acredita-se que elas murcham sob seu toque. Nos vilarejos, os *dalits* recebem as tarefas mais ingratas. Trata-se de uma submissão institucionalizada pela religião hindu, que posiciona esses indivíduos no degrau mais baixo da hierarquia das castas, na periferia da humanidade.

Ao longo do tempo, a cabeça das pessoas não evoluiu: os intocáveis continuam a ser párias, seres impuros, banidos da sociedade. E as meninas ainda são vistas como inferiores aos meninos. Nascer mulher *e dalit* é, assim, a pior maldição. Ela é prova disso, bem como todas as garotas da brigada. São todas sobreviventes, vítimas de um paradoxo cruel: não se deve encostar nelas, mas ninguém hesita em estuprá-las. A mais nova do grupo tinha apenas 8 anos quando foi abusada por um vizinho enquanto os pais não estavam presentes. *Aqui, o estupro é um esporte nacional*, declara a chefe. E os criminosos nunca são castigados: as denúncias raramente levam a investigações, menos ainda quando as vítimas são de classes baixas.

Diante da inércia das autoridades, as mulheres precisaram se organizar para garantir a própria segurança. Encorajadas por uma garota de Lucknow, começaram a se reunir em brigadas. O movimento, a princípio local, se espalhou pelo país inteiro. Atualmente, são milhares de integrantes.

Além de oferecer cursos gratuitos de autodefesa, as Brigadas Vermelhas patrulham as ruas e intervêm em caso de agressão, perseguindo os assediadores e estupradores para confrontá-los ou intimidá-los. Às vezes, são criticadas por fazer justiça com as próprias mãos, mas por acaso têm escolha? A chefe acrescenta que os resultados são evidentes: desde que o grupo foi criado, a violência contra as mulheres diminuiu na região. Sua tropa é conhecida pela vizinhança, é temida e respeitada.

Embora se orgulhe de agir em nome da brigada e de vestir o uniforme todos os dias — o vermelho da roupa simboliza a raiva e o preto, o protesto, explica —, a moça tem consciência dos limites da ação. Não sabe o que fazer para combater a falta de escolaridade entre as meninas. Há lutas que não são vencidas com socos e pontapés. E violências que nem todos os cursos de autodefesa seriam capazes de represar. Ela se compadece com o destino da menina do *dhaba*, mas não há nada que possa fazer. Seriam necessárias outras armas, de que ela não dispõe.

Léna a escuta, estupefata. É claro que já ouvira falar da condição difícil das mulheres e dos intocáveis, mas achava que a situação tinha evoluído. Ela entende o que a jovem líder diz, mas se recusa a se resignar. Vem de um mundo onde a educação é um direito, uma oportunidade dada a todos. A escola é obrigatória, alega, na Índia como em outros países. Léna foi se informar, pesquisou na internet:

existe uma legislação que trata disso... A anfitriã a interrompe com um gesto: aqui, a lei não significa nada. Ninguém a respeita, e as forças de segurança não se esforçam para aplicá-las. O futuro de uma menina de 10 anos não interessa a ninguém. O destino das mulheres não comove ninguém. Elas são abandonadas por todos, analfabetas e submissas, nesse país que não as ama. A verdade é essa. Essa é a Índia, a verdadeira Índia, conclui. O país que nenhum guia turístico ousaria mostrar.

Capítulo 6

Esse país, tão valorizado por seu esplendor, por sua cultura e suas tradições, seria, então, um monstro de duas cabeças? É possível que seja palco de tamanhas injustiças? Que despreze a tal ponto o direito das mulheres e das crianças? Léna sai da garagem, atordoada. Por meio das palavras da chefe da brigada, ela acaba de vislumbrar outra face do subcontinente indiano. Essa região, berço da humanidade, onde nasceram o Buda, a medicina ayurvédica e a ioga, esconde uma sociedade profundamente dividida, que sacrifica aqueles que deveria proteger.

Enquanto se afasta, em meio às carrocerias e aos pneus furados, um assobio forte a sobressalta. Atrás dela, a chefe, agora montada em uma lambreta, faz sinal para que ela suba. *O bairro não é seguro para uma mulher sozinha*, diz; ela vai lhe dar uma carona. Léna hesita, mas a proposta está mais para uma ordem do que para um convite. Assim, ela monta na garupa da motoneta, que dispara aos solavancos, deixando para trás uma nuvem de fumaça.

* * *

Equilibrada sobre o motor, Léna vê passarem os barracos, as crianças de rua, os ambulantes e pedintes, as lojinhas, as vacas e os vira-latas. Sem capacete, de cabelos ao vento, ela fecha os olhos por alguns instantes, zonza com a velocidade. Sente um estranho bem-estar por se entregar assim, em meio ao ruído e à multidão.

A motoneta a deixa na entrada do hotel. Léna desce, agradece à jovem pela carona e está prestes a dar as costas quando percebe que elas não se apresentaram. Então, dá meia-volta e faz um gesto não premeditado. Estende a mão e diz: *Meu nome é Léna*. A chefe demora a reagir, aturdida. A mão, estendida sem arrogância, sem segundas intenções, vai muito além de um mero cumprimento. Ela indica: *Nós somos iguais. Não tenho medo de encostar em você. Não estou nem aí para seu status, sua suposta impureza. Eu considero você uma igual e ofereço meu respeito.*

Pela expressão da moça, Léna percebe que ninguém ali arriscaria tal contato. É um bom motivo para insistir. Ela mantém a mão suspensa no ar por alguns segundos que parecem uma eternidade, um esforço para apagar séculos de indignidade e ofensa. A chefe não hesita muito mais. Aperta a mão de Léna e, de repente, sem que sejam necessárias palavras, tudo está dito. O essencial se vê ali, naquelas falanges entrelaçadas, escuras e claras, ainda não amigas, mas tampouco desconhecidas.

* * *

O meu é Preeti, declara a moça, e dá a partida sem dizer mais nada.

Um dia, Léna aprenderá os castigos reservados aos filhos das castas mais altas que arriscam encostar em um *harijan*,* como Gandhi os chamava. Ela escutará o relato de um homem que, aos 8 anos, foi obrigado a engolir urina e bosta de vaca para expiar seu pecado. E de outro, forçado a beber água do Ganges para se purificar. Já os adultos que transgridem essa lei correm o risco de ser rejeitados pelo próprio clã, pois, com essa afronta, o desonraram.

Na volta para o quarto, Léna pensa na moça, na postura orgulhosa e distante que mantém em todas as circunstâncias. Ela não permite muita aproximação. Há, porém, uma rachadura palpável em sua couraça. Um espaço sensível que a dureza do mundo ainda não abalou.

No dia seguinte, durante o almoço no *dhaba*, Léna fica estupefata ao ver a brigada chegar. A tropa de vermelho e preto abre caminho entre as mesas, sob a orientação de Preeti. Os clientes, visivelmente chocados, se perguntam o que ela foi fazer ali, que delito foi prevenir ou vingar. Ao ver Léna, a chefe a cumprimenta com um gesto, antes de se dirigir ao gerente, acompanhada das tenentes que a cercam como um batalhão de formigas agitadas. Carregada de pratos, a menininha vê a chegada delas de olhos arregalados. Léna, hipnotizada, entende que Preeti mudou de ideia e foi argumentar a seu favor. O dono do estabelecimento

---

* Literalmente, "filho de deus".

vocifera algumas palavras iradas e ordena que elas saiam dali, mas a chefe não se deixa abalar. Com a determinação que Léna já conhece, ela se senta, cercada pelas comparsas, decidida a esperar. Exaltado, o homem vai pedir ajuda à esposa, que excepcionalmente põe a cabeça para fora da minúscula cozinha onde passa o dia todo. Após uma discussão acalorada, parece que se chega a um momento de trégua: Preeti manda as garotas saírem do restaurante e sobe para a laje, a fim de conversar com o dono, acompanhada de Léna.

Eles discutem por muito tempo na laje do *dhaba*. Aos argumentos de Preeti, que não perdem em firmeza ou energia, o pai responde com um discurso interminável que a moça traduz para Léna aos poucos, acompanhando a fala.

A menina não é sua filha, explica, e sim de uma prima distante que se refugiou na casa dele alguns anos antes. Originárias do norte do país, a menina e a mãe partiram em uma viagem longa, na esperança de um futuro melhor ali. O pai da menina optou por ficar, em um vilarejo onde pessoas na condição financeira deles, para subsistir, precisam comer ratos. Infelizmente, a mãe estava mal de saúde. Sofria de uma doença nos pulmões que o tratamento ministrado pelo médico local não foi capaz de curar — uma triste consequência do serviço que ela exercia: limpadora de latrina. Ela faleceu apenas alguns meses após ter chegado. No mesmo dia, a menina parou de falar. Ele e a esposa a acolheram, aceitando criá-la apesar da situação financeira precária. Descendente de uma família de pescadores e donos de restaurante, o casal perdeu dois filhos no mar, mortos por soldados cingaleses que não hesitam em abater qualquer barco que se aproxime minimamente de suas terras — um conflito de longa data que com frequência irrompe na região. Ele já perdeu a conta de quantos homens saíram para o mar um dia e nunca mais voltaram. Quanto às filhas do casal, estão casadas, são mães de família e não têm como ajudar. O *dhaba* sobrevive, aos trancos e barrancos, graças aos peixes que o dono pesca toda manhã, arriscando a própria vida. Ele sai ao mar mesmo quando o tempo está feio e há alerta de ciclone, pois assim é a vida ali: se não pescar, não haverá o que comer. De qualquer forma, explica ele, a menina não passa necessidade. É alimentada, abrigada e bem tratada. É verdade que não vai à escola, mas nem ele nem a esposa estudaram. E a ajuda dela no restaurante é preciosa, pois o casal não tem recursos para contratar um funcionário.

Léna escuta, séria, o monólogo traduzido por Preeti. A verdade é muito distante do que ela imaginava. A menina está de luto, desterrada; cresce como uma flor cortada, afastada de tudo que conhecia e amava. Até o nome lhe foi roubado: a fim de escapar da discriminação que vitimiza os intocáveis, o dono do restaurante e sua família decidiram mudar de religião, como fizeram tantos *dalits* por ali. Para fugir dos dogmas das castas, apagaram a própria identidade e o próprio nome, que revelavam seu pertencimento àquela comunidade. Desde então, são cristãos, e assim considerados. Eles viraram James e Mary. Quanto à menina, foi batizada como Holy.

Capítulo 7

Holy. Um belo nome para um anjo da guarda, pensa Léna. Em inglês, a palavra quer dizer *sagrado*. Que ironia perturbadora.

Ela não sabe o que é mais comovente: o silêncio da criança ou esse luto insuportável, um eco estranho da própria dor. A menina perdeu tudo que a ligava ao passado: o pai, a mãe, o vilarejo, a casa, até a religião e o nome. A única lembrança da vida anterior é a boneca que ela nunca larga e a qual Léna virá a aprender que representa Phoolan Devi, conhecida na Índia como Rainha dos Bandidos. Presente dos pais que ela deve ter arrastado viagem afora e protege como um tesouro, vestígio de uma civilização desaparecida, devorada.

Léna, tal como a menina, é uma sobrevivente. Desceu ao inferno e ainda o atravessa todo dia. Foi se exilar ali, nos confins do subcontinente indiano, na tentativa de suportar o fardo. E eis que o céu lhe envia aquela criança, uma fadinha desafortunada como ela, sozinha e desamparada.

* * *

Ela entende a situação precária do casal do restaurante, mas não pode abandonar a criança a tal fatalidade. Mais do que nunca, a evidência é gritante: Holy precisa aprender a ler e escrever, a desenhar as palavras que não pronuncia. Será sua linguagem, a bagagem irredutível de que ela necessita para viver no mundo, para existir. Ao se emparedar dentro do silêncio, Holy escolheu a única resistência que podia exercer, sem imaginar que a arma se voltaria contra ela. Foi capturada pela armadilha, amordaçada.

Léna quer devolver à menina a voz que lhe foi arrancada. Se não puder ir à escola, a escola irá até ela. Léna promete a si mesma que ensinará àquela criança a ler e escrever em inglês. Afinal, passou vinte anos ensinando a língua, que, ali, é falada amplamente — após a independência, permaneceu como a língua administrativa do país. Léna gostava de ler Shakespeare ou Charlotte Brontë para seus alunos, para dar um gosto da minúcia e da sutileza. Infelizmente, não poderá se apoiar em seus autores queridos ali. Precisará voltar à estaca zero, ao alfabeto e aos fundamentos. Léna utilizará imagens, desenhos, tudo que aprendeu por experiência, todas as novas ferramentas que puder usar. Ela se sente pronta para encarar o desafio. Não importa quanto tempo seja necessário. Tempo, ela tem de sobra. Adiará a viagem de volta em algumas semanas ou meses. É o mínimo que deve àquela menina.

No fundo da bagagem, encontra o caderno que levou para registrar os pensamentos, as anotações para a vida futura — aquela que ainda não consegue imaginar. Léna já acha difícil conjugar o presente, o futuro lhe parece inalcançável. Pensa naquela frase de Kierkegaard: "A vida só pode ser compreendida olhando-se para trás, mas só pode ser vivida olhando-se para a frente." Desde todo o drama que passou, ela não sabe para onde olhar. Seu navio naufragou; sua bússola está quebrada.

Ela decide dar de presente para Holy o caderno virgem, imaculado, assim como a caneta que tanto adora e ganhou de François. Não é traição abrir mão da caneta — ela sabe que ele teria gostado da ideia. Aí está o presente que Léna procurava: um caderno simples, uma caneta. E palavras a colocar no papel.

Por intermédio de Preeti, Léna consegue que James a autorize a passar uma hora por dia com Holy, fora do horário do serviço no *dhaba*.

Na praia onde elas costumam se encontrar, Léna a ensina a desenhar as letras do alfabeto no caderno. Nos intervalos do restaurante, a menina se dedica a reproduzir frases escritas, que Léna corrige no dia seguinte. Holy se mostra curiosa, dedicada. Progride com espantosa rapidez.

Às vezes, Preeti se junta a elas. Passa cada vez mais tempo no restaurante, se demora junto a Léna. Parece se acostumar à presença dela, que é como a de um corpo estranho que acabamos por aceitar, mesmo após termos mantido distância dele.

Certa noite, quando Léna se prepara para voltar ao hotel, Preeti a convida para tomar um chá na garagem. Ela tem uma pergunta a fazer. Léna concorda, intrigada, e sobe na garupa da lambreta que as leva ao QG da brigada. A sala está deserta, as garotas acabaram de treinar. Léna faz menção de se sentar no tapete, como da outra vez, mas Preeti pega um *charpoy** encostado na parede e faz sinal para que ela se instale ali. É sinal de respeito oferecer um assento à convidada — um modo de demonstrar sua estima, como Léna virá a aprender. Ela se senta, enquanto Preeti ferve água, acrescenta leite e especiarias, muito açúcar, e filtra tudo em uma peneira velha. Depois de encher as xícaras de chá, começa a fazer seu pedido. Pela primeira vez, parece intimidada — a bela ousadia se esvaiu. Como quase todas as garotas do vilarejo, explica, ela abandonou os estudos cedo, aos 11 anos. Embora fale inglês, que aprendeu nos primeiros anos de escola, não sabe escrever o idioma, e sente falta disso. Às vezes, tem que preencher formulários, ler documentos ou redigir slogans, e precisa pedir ajuda às outras garotas, que também não estudaram, ou a algum vizinho solícito. Ela gostaria de se virar sozinha, de avançar, em suma: gostaria que Léna desse aulas para ela, como faz com Holy. Ela não tem como remunerá-la, mas se dispõe a levá-la e buscá-la de lambreta.

Léna não esperava por aquilo. Fica comovida com a confiança que Preeti demonstra, e também um pouco desestabilizada. É verdade que ela tem experiência com crianças, mas nunca deu aula para adultos. Além disso, não sabe quanto tempo passará ali. Não planeja viver para sempre na região. Nenhum desses argumentos desanima Preeti. Ela não pede compromisso, apenas uma ou duas horas por

---

* Banco trançado que serve de assento e de cama.

semana. Léna acaba concordando. Elas combinam de se encontrar na garagem às segundas e quintas, no fim da tarde, após o treino e as patrulhas.

Elas começam já no dia seguinte. A fim de avaliar o nível da nova aluna, Léna leva um texto curto em inglês, retirado de um guia de viagem que ela trouxe de casa e nem chegou a abrir. Ele fala sobre os templos do sul da Índia e suas tradições milenares. Preeti contempla o pedaço de papel, desconcertada. Léna percebe que ela não entende nem uma palavra sequer do que vê. Envergonhada, recolhe o documento: tentará outra coisa. No verso de um estandarte desenrolado, ela improvisa uma lousa e escreve as letras do alfabeto, além de alguns termos comuns. *Bom dia, tchau, boa noite, obrigada, desculpe, por favor, à direita, à esquerda, muito bem, até mais tarde, até amanhã.*
No fim da aula, Preeti insiste em oferecer um chá. É seu modo de agradecer. Léna está tomando gosto pela bebida apimentada e açucarada. Sentadas juntas na frente da garagem, com as xícaras em mãos, elas assistem ao findar do dia. Não precisam trocar uma palavra sequer. Nesses minutos de silêncio, Léna sente uma paz estranha, como se suas angústias desvanecessem, pouco a pouco, no entardecer morno.

Na praia, o progresso de Holy é espetacular; parece até que o silêncio multiplica suas capacidades. Ela nunca larga o caderno, que trata com o maior cuidado, assim como a caneta que Léna lhe deu. Esquece completamente a pipa, que parece ter perdido toda a graça diante daquela nova brincadeira tão divertida.

* * *

Certa manhã, na areia molhada, ela desenha seis letras de uma palavra que Léna não conhece. É um nome, que a menina escreve pela primeira vez. Um nome que Léna logo entende ser o dela, o verdadeiro. O nome de antes da viagem, de antes da conversão. O nome que os pais lhe deram e que a proibiram de mencionar ali, pois revela sua origem, sua posição, sua comunidade. Pois diz de onde ela vem e quem ela é.

Como se um pacto invisível as conectasse, a menina dá a mão a Léna. Esta contempla, comovida, o nome revelado: L-A-L-I-T-A. É assim que se chama seu anjinho da guarda.

SEGUNDA PARTE

A escola da esperança

Capítulo 8

O sonho volta toda noite e a desperta de sobressalto. Léna se sente suspensa por alguns instantes, flutuando entre duas águas, dois mundos, duas vidas. A de antes e a de agora.

Nesse interstício em que a realidade briga com o sonho, ela ainda está lá, no colégio, junto a François. Então, por um momento, tem a impressão de que bastaria muito pouco para poder voltar atrás, inverter o curso das coisas. Infelizmente, o dia se impõe em sua triste evidência: não há final feliz no filme que se desenrolou diante dela. Não há saída. Não há escapatória.

Durante o dia, Léna mantém distância dos demônios, mas eles voltam no escuro, tomam conta dela e a levam de novo àquela tarde de julho. Ela revê cada segundo do que aconteceu, como se seus sentidos aguçados captassem as imagens, os cheiros, os sons, de modo a reconstituí-los, intactos, com uma precisão tão impressionante que nem o tempo nem a distância embaçam. De madrugada, ela tem vontade de se esconder debaixo das cobertas e ficar ali.

A perspectiva de encontrar Lalita e Preeti é o que lhe dá forças para se levantar.

Ela vai à praia todos os dias e à garagem duas vezes por semana, para dar aulas de inglês. Aos poucos, vai deixando suas marcas no vilarejo. O pessoal do bairro se acostuma a vê-la circulando por ali; ela vira, de certa forma, a ocidental da vizinhança, uma posição que a agrada e que tem suas vantagens, como, por exemplo, *chai* à vontade. As crianças, sobretudo, mostram muita curiosidade por ela. Às vezes, chegam em grupo e escolhem, entre elas, a mais destemida para abordá-la. Léna entra no jogo de bom grado. Na falta de uma língua comum, a conversa se limita à troca de nomes, antes de a multidão de crianças se dispersar como uma revoada de pardais assustados.

Preeti nunca pergunta nada. Não questiona o que ela está fazendo ali, sozinha, a milhares de quilômetros de casa, nem o que lhe aconteceu. Léna agradece a discrição. Quando anoitece, a chefe da brigada instala o *charpoy* e prepara o chá. É uma cerimônia que compartilham em cumplicidade silenciosa, que talvez esconda uma amizade hesitante. Léna saboreia o momento como um pouco de tempo recuperado, um pouco de doçura após o horror.

Certa noite, ela nota, no fundo da garagem, um pequeno retrato pendurado na parede, o único ornamento de estilo minimalista ali. Uma mulher de 30 e tantos anos olha fixamente para a câmera, de braços cruzados. Ela não sorri; o rosto expressa uma mescla de determinação e desafio que sua postura acentua ainda mais. Parece um pouco mais velha que Preeti, poderia ser irmã dela, ou uma de suas amigas. Diante do olhar intrigado de Léna, a moça quebra o silêncio. É Usha Vishwakarma, explica, a fundadora das Brigadas Vermelhas. Um encontro que mudou sua vida.

Originária de um subúrbio pobre de Lucknow, Usha, como Preeti a chama, com intimidade, foi vítima de uma tentativa de estupro aos 18 anos. Ao constatar a quantidade apavorante de agressores que a cercavam e a pouca ação da polícia e das autoridades, ela decidiu reunir um grupo de voluntárias para garantir a segurança das mulheres do bairro: assim nasceu a primeira Brigada Vermelha. Exclusivamente feminina, sua tropa se formou em artes marciais. Ela começou a patrulhar as ruas, dia e noite, e a intervir nos casos de assédio e violência contra garotas na região. Conforme recolhia relatos e testemunhos, Usha logo entendeu que as artes marciais tradicionais nem sempre eram eficientes no caso de ataques. Então começou a desenvolver sua própria técnica, batizada de *nishastrakala* (literalmente, *combate sem armas*). O método se baseia em cerca de vinte gestos que permitem neutralizar, em menos de vinte segundos, até o agressor mais violento. Usha trouxe para a causa homens dispostos a ajudar, e pôde testar e aperfeiçoar a prática com eles.

A reputação da brigada cresceu, atravessou as fronteiras do bairro, levou a iniciativas semelhantes nos vilarejos vizinhos. Outros grupos se formaram. O movimento acabou se espalhando pelo país como um todo. De início desdenhada e criticada, inclusive pela própria família, hoje Usha é reconhecida e celebrada, sendo citada como exemplo no rádio, na televisão e nos jornais. Seu caráter e sua resiliência são louvados. Chamada de "leoa" e "guerreira", ela virou um símbolo, um modelo para todas as mulheres que se recusam a se resignar e lutam contra a opressão e a violência.

Em dez anos, Usha contribuiu com a formação em autodefesa de mais de cento e cinquenta mil meninas, mas sua ambição não para por aí: *Enquanto as mulheres não puderem caminhar na rua em plena segurança, continuarei a lutar*, insiste. Incansável, ela promove abaixo-assinados, passeatas de protesto, campanhas em locais públicos, escolas, universidades. Sua energia é inesgotável e sua luta, infelizmente, segue atual.

Quando fala de Usha, Preeti não consegue se conter. Seus olhos brilham de admiração. Ela é verdadeiramente devota à mulher, que soube transformar o trauma em mobilização nacional, e diz se orgulhar de se vestir à imagem dela, de se manifestar em seu nome, de recrutar, como Usha, meninas do bairro.

Embora incite as outras a falar e denunciar as violências de que foram vítimas, Preeti não se demora na própria experiência. Limita-se a mencionar o vizinho agressor com que se deparou no aniversário de 13 anos. Confessa a dor, a vergonha. O medo, também, da reação dos pais, que, para restaurar a desonra da família, tentaram casá-la com o homem que a violentara. Uma traição que nunca perdoou. Revoltada com o arranjo indigno a que tentaram obrigá-la, preferiu fugir. Nunca mais, jurou. Preeti foi embora na calada da noite, levando uma pequena trouxa e deixando para trás sua casa e as pessoas que amava, os irmãos, as irmãs, os amigos. Sozinha na estrada, passou medo, fome e frio. Logo tomou consciência da própria vulnerabilidade: aqui, as meninas são alvos. Hoje, ela treme só de pensar no que poderia ter acontecido. Pelo país inteiro, as redes de prostituição sequestram milhares de meninas para mandá-las ao bairro horrível de Kamathipura, em Bombaim, onde elas são vendidas, espancadas e exploradas — é lá que se encontra a maior concentração de prostíbulos do mundo. Ao longo da famosa Falkland Road, não é raro ver meninas de 12 anos enjauladas: as mais novas são as mais caras e as mais visadas. Elas não recebem salário e são obrigadas a trabalhar em linha de produção, dia e noite, por anos a fio, em condições de higiene precária, a fim de reembolsar o valor de sua compra à cafetina do bordel onde vivem trancafiadas. Escravidão sexual com maus-tratos variados, à qual o governo faz vista grossa. Às vezes chamado de "paraíso dos homens", Kamathipura é certamente o inferno das mulheres. Os inescrupulosos traficantes sabem onde encontrar as jovens recrutas e estão sempre invadindo os vilarejos mais próximos e as fábricas têxteis, viveiros inesgotáveis para o comércio deles.

Por sorte, Preeti encontrou refúgio em um abrigo mantido por uma associação local, voltada à proteção de meninas. Foi lá que conheceu Usha, em uma reportagem de televisão transmitida em um aparelho velho, certa noite em que, por milagre, a internet estava funcionando. Um testemunho em forma de revelação. Já no dia seguinte, Preeti entrou em contato com as líderes da brigada local e se inscreveu. Durante a formação, teve a oportunidade de encontrar Usha pessoalmente e agradecê-la. Aluna assídua, revelou-se talentosa na autodefesa, e logo progrediu e subiu na hierarquia. Hoje líder da própria brigada, ela fica feliz de ajudar as outras, como ela própria foi ajudada. Sua tropa virou sua família. Nessa enorme corrente de esperança e solidariedade, Preeti se enxerga como um elo pequeno, mínimo mas essencial. A mão estendida, unida a outras mãos.

Toda noite, antes de dormir, ela observa o retrato de Usha pregado na parede, cujos olhos parecem encará-la. Dessa imagem, tira a força para continuar; sua ídola lhe transmite coragem e determinação, guia todos os seus passos. É assim: Preeti não acredita mais em Deus, mas acredita em Usha.

Aos olhos de todos, é uma moça orgulhosa, sem complacência nem misericórdia, que não expõe nada da própria fragilidade. Um dia, porém, confessará a Léna que, após certos relatos de agressão que a levam violentamente ao passado, fica sozinha na garagem, à noite, e chora. As lágrimas, Preeti não mostra. Ela as guarda ali, as esconde bem, atrás dos blocos de concreto e da chapa de metal corrugado.

Léna não demora a pensar que essa garota arisca, de personalidade forte, parece o chá que prepara: ácida e abrupta de início, Preeti revela um leque de nuances e uma sensibilidade que Léna descobre ao longo das sessões, e que, surpresa, aprende a apreciar.

Capítulo 9

Como ser entendida por uma aluna cuja língua ela não fala? Como explicar palavras que não sabe nomear? Com Lalita, Léna não demora a perceber a complexidade da tarefa. Apesar dos vinte anos de experiência, o exercício é um desafio. Ela sabe que não pode se basear no conhecimento já adquirido: é preciso estabelecer um novo programa. Trabalha de maneira árdua, com auxílio de ilustrações e desenhos, de métodos que encontra nos sites que passa a noite consultando.

Ela pensa em Usha elaborando a própria técnica de combate, como Preeti contou. Léna também precisa escolher as próprias armas, mostrar criatividade, se adaptar, para ganhar a batalha. A inteligência e o ânimo da menina são seus melhores aliados. Juntas, as duas desenvolvem uma forma de comunicação feita de gestos, olhares e expressões que só elas sabem decifrar. Um dialeto novo que não exigiria palavras para ser falado ou entendido.

Às vezes James e Mary as observam, cautelosos, e as veem agitadas ao redor do caderno, mas não intervêm, nunca se metem naquelas trocas. Limitam-se a assistir, espectadores calados, antes de voltarem à própria atividade.

Lalita progride mais rápido do que Léna esperava. Ela é animada por uma curiosidade, uma sede por aprender, que espanta a professora. Pegando os lápis da caixa que Léna um dia leva do mercado, a menina começa a desenhar, a contar seu passado em imagens. Ela desenha um vilarejo, mulheres carregando cestas, homens caçando ratos no campo. Desenha a si própria à noite com os pais, dormindo com eles, abraçada na boneca. Retrata também a viagem impressionante que fez com a mãe a partir do norte. Os desenhos incluem um ônibus, um trem lotado, vilarejos desconhecidos, o templo imenso onde pararam. Uma imagem em especial chama a atenção de Léna: as duas chegando ao vilarejo, de cabeça raspada. Léna ouviu falar daquele costume ancestral de doação de cabelo, oferecido em homenagem aos deuses. O cabelo da criança voltou a crescer, já está comprido e grosso.

Nos traços desajeitados de lápis, Léna vê passar a vida da menina, uma série de renúncias e separações. Mais tarde, quando já tiver aprendido a escrever, Lalita lhe contará seu maior desejo: virar motorista de ônibus, para fazer o caminho contrário e voltar a seu próprio vilarejo, para junto do pai.

Algumas semanas após a primeira aula de Preeti, uma coisa estranha acontece. Léna vê duas jovens da brigada, que conhece de vista, pois já se cruzaram várias vezes, chegarem à garagem. Elas pedem autorização para assistir à aula de inglês. Prometem não fazer barulho nem incomodar: querem apenas escutar. Um pouco espantada, Léna não ousa recusar e deixa que se sentem de frente para a lousa improvisada.

Duas sessões depois, já são cinco sentadas no tapete. Uma veio com a irmã e a outra com uma amiga. Logo, são umas dez moças no cômodo. As jovens recrutas acompanham Léna com o olhar em um silêncio quase religioso, engolindo as palavras dela como se pronunciadas por um semideus. Léna se diverte ao vê-las tão ferozes no treino e tão quietas ali, na garagem. Algumas deixam presentes para ela no fim da aula, *idlis** ou *chapatis*; outras se oferecem para levá-la para visitar a região, conhecer o templo da Margem ou as cavernas de Varaha. Uma se oferece até para lhe ensinar o *nishastrakala*. Léna recusa, rindo: não tem alma de guerreira, prefere natação ou ioga.

A notícia logo se espalha pelos arredores, entre casas e barracos. Algumas garotas se aglomeram na porta do QG, enquanto outras hesitam em entrar no recinto. Ficam todas intrigadas com aquela estrangeira que oferece seu tempo e serviço a quem queira aproveitá-los. Não há compromisso nem obrigação, nenhum preço a ser pago. Apenas uma hora compartilhada, no fundo daquele subúrbio, em uma garagem abandonada.

Léna é a primeira a se surpreender com aquele alvoroço, que revela o altíssimo grau de analfabetismo no bairro. A maioria das moças que conhece é analfabeta. Ela tenta

---

* Pãezinhos de arroz e lentilha cozidos a vapor.

fazê-las seguir o programa de Lalita, mas se depara com uma dificuldade considerável: exceto por um punhado de jovens assíduas, as outras nunca voltam, ou só aparecem de vez em quando. Elas são capturadas pelo cotidiano, pelas tarefas domésticas, pela responsabilidade de cuidar da família e dos filhos, pelo trabalho, pela urgência de ter o que comer. Léna logo se vê perdida em meio à volumosa assembleia que entra pelas portas do QG; as caras nunca são as mesmas, e ela muitas vezes precisa repetir o que já explicou. As aulas se seguem sem se conectar, o que a deixa cada vez mais confusa e insatisfeita.

Ela acaba perdendo o sangue-frio. Certa noite, confessa a Preeti que não é possível continuar daquele jeito. É preciso estabelecer regras, explica. *Separar grupos por níveis*. Distinguir as que têm noções de inglês daquelas que estão começando do zero. As meninas precisam se comprometer com mais regularidade se quiserem progredir. *Aprender a ler é uma maratona*, diz. É melhor uma corredora de longa distância do que uma velocista ocasional.

Preeti entende, e a partir do dia seguinte se dedica a botar ordem no quartel. Léna, por sua vez, aceita aumentar a frequência dos encontros, e passa a dar aulas diárias. Aquelas que não puderem ir todos os dias farão o possível para compensar com exercícios. Embora algumas abandonem o curso, outras conseguem se disciplinar e mostram um progresso indiscutível.

Preeti, no entanto, não avança. Após algumas semanas de curso, e apesar do esforço constante, ainda não consegue decifrar nem os textos mais simples. Ao longo dos anos de ensino, Léna conheceu vários alunos com dificuldades, e começa a desconfiar de um problema subjacente, independente do inglês. Ela tem quase certeza: Preeti é disléxica. Outro obstáculo a ultrapassar. A jovem chefe fica abalada. Ao perceber isso, Léna explica que ela sem dúvida levará mais tempo do que as outras para dominar a escrita, mas promete que conseguirá. Preeti jura se esforçar mais ainda. À noite, na solidão da garagem, repetirá cada palavra, cada expressão, cada locução, até que elas se tornem perfeitamente familiares. No treino, está acostumada a repetir centenas de vezes os mesmos gestos, os mesmos movimentos — dominará o inglês do mesmo jeito.

Léna admira sua determinação. Diante da adversidade, Preeti não abaixa a guarda. Há bravura nesse temperamento, reflete Léna. A moça é como o junco que resiste à ventania: ela se dobra, mas não quebra.

Capítulo 10

O documento está bem ali, na frente dela. Abatida, Léna contempla a data de validade do visto: está prestes a expirar. Ela sabia, é claro, mas vinha evitando pensar no assunto, relegando-o a um canto recluso da consciência, como fazemos com uma operação dolorida que, por ingenuidade, esperamos postergar. Ela tenta uma intervenção do consulado francês, mas não adianta: as autoridades indianas limitam os vistos a noventa dias, sem exceção. Não há hipótese de prolongamento.

Léna não sabe como dar a notícia a Lalita e Preeti. A perspectiva de interromper o que começaram a derruba. A menina está começando a entender inglês, a escrever algumas frases. Quanto a Preeti e sua tropa, também há avanço — mais lento, mas sem desânimo. Abriu-se uma porta dentro delas, que a partida de Léna inevitavelmente fechará. É uma situação cruel. Elas vislumbraram a possibilidade de estudar, de acessar um saber que lhes foi recusado. E, depois de experimentar essa sensação, terão de renunciar. Léna não calculou o impacto daquela empreitada. No momento, tudo lhe parece fútil. Ela se arrepende da falta de previsão, da boa vontade coberta de inconsequência.

É verdade que ela não prometeu nada. Não previu o acidente na praia, o encontro com Lalita, o pedido de Preeti. O vínculo entre elas se formou pelo acaso, no curso dos acontecimentos. Sem perceber, Léna se apegou ao vilarejo e a seus moradores. Apesar da aspereza do cotidiano, nasceu uma forma de conivência.

O que ela deveria ter feito? Deveria ter se trancado no quarto de hotel, alheia aos acontecimentos à sua volta? Limitado-se a fazer o papel de alma caridosa, distribuindo um pouco de dinheiro? Alguns diriam que ela já ofereceu o suficiente, mas Léna não é do tipo que se satisfaz com um argumento tão tênue.

Outra questão a atormenta — mais insidiosa e muito menos generosa. Léna teme voltar à França; ela se pergunta o que a aguarda por lá. Já faz alguns dias que dorme mal, enjoada. Os pesadelos têm voltado. Ela precisa admitir: a missão a que se dedica ali é apenas uma tentativa disfarçada de dar vazão à tristeza. Por trás da fantasia de providencial benfeitora se esconde uma mulher aterrorizada, talvez ainda mais frágil do que as que tenta ajudar. Ela não sabe como sobreviveria à viagem que a devolveria a si própria, aos demônios do passado.

Na praia, ela explica a Lalita que precisa ir embora, voltar ao próprio país. A menina não entende, então Léna desenha um avião. O olhar da criança se enevoa e se apaga, como a chama de uma vela soprada. Nos olhos dela, Léna vê uma mistura de desânimo e tristeza, uma resignação que a atravessa como uma faca. Ela detesta o papel que agora desempenha ali: quis usar uma fantasia de fada madrinha, mas, ao badalar da meia-noite, vira a turista em fuga. Por mais que prometa voltar, a menina não parece crer. Ela já viveu tantos abandonos, tantas separações. Já perdeu o pai, a mãe, o vilarejo, a religião, o nome... E a vida ainda vem lhe tirar a única pessoa que se interessa por ela, que lhe dá atenção. A única que não a trata como um ser inferior e silencioso, mas como uma menina inteligente e animada, dotada de altas capacidades.

Ao deixá-la no *dhaba* à noite, Léna sente um aperto no peito. Faria qualquer coisa para pegá-la pela mão e levá-la junto consigo. Claro que sabe que é impossível, pois não tem nenhuma legitimidade, nenhum direito sobre a menina — menos ainda o de arrancá-la da própria cultura, da própria família, do próprio país. Mas não pode negar que a ideia lhe ocorreu. Às vezes, Léna sonha que inscreve a menina na escola, na França, e a vê crescer, aprender, brincar... Quem sabe, um dia, falar? O mundo é imperfeito, pensa. Ela própria nunca teve filhos — François era estéril. Depois de dez anos de tentativas ineficazes e de tratamento, eles pensaram em adotar, chegaram inclusive a preencher um cadastro. No fim, desistiram, diante da complexidade das exigências e dos obstáculos a superar e ao considerarem que a docência lhes dava a oportunidade de viver cercados de crianças e dedicar-se a elas em tempo integral.

Léna não se arrepende. Foi a vida que escolheu. O amor de François a preencheu, a acompanhou, bastou para ela durante aqueles anos todos. Eles nunca foram pais, mas foram tantas outras coisas: amigos, cúmplices, amantes. Juntos, compartilharam tanto. Dedicaram-se à missão, multiplicando as oficinas, as excursões, os cursos de apoio, os intercâmbios, as viagens escolares, os espetáculos de fim de ano. Se pudesse, Léna trilharia de novo o mesmo caminho, não mudaria nada.

Nada, exceto por aquela funesta tarde de julho.

No dia da viagem, Preeti e as garotas insistem em levá-la ao aeroporto. Léna pensava em pegar um táxi, mas não quer contrariá-las. Ela as vê guardarem as malas nos bagageiros das lambretas e então sobe na garupa de Preeti.

Chega ao destino devidamente escoltada. Na porta de vidro do saguão, a despedida é breve. A chefe não é de se emocionar. Como cumprimento, contenta-se em estender a mão. Léna sorri com o gesto, que parece tão insignificante, mas cujo sentido e peso por fim entende.

No avião, ela revê as semanas e os meses que acabaram de passar. Sente vertigem com a ideia de voltar para a casa, silenciosa como um mausoléu, onde ninguém a espera. A fim de conter a angústia que sente crescer, engole dois comprimidos, tenta se acomodar na poltrona desconfortável da classe econômica e não demora a cair em um estado de vigília agitado, repleto de visões estranhas, de meninas correndo na praia e mares revoltos.

Capítulo 11

Será que é o fuso horário? A diferença de clima? De volta à França, Léna é tomada por um sentimento curioso. Ela sente que está boiando, como se enxergasse o mundo através de uma névoa espessa, como se uma nova distância a separasse dos lugares por onde anda, das pessoas que encontra. Ela conhece todas as ruas, todas as praças, todos os cruzamentos do subúrbio de Nantes, onde morou tantos anos. E, ainda assim, pode jurar que alguma coisa mudou. Com o tempo, sua percepção fica mais precisa, até conseguir nomeá-la: ela se sente estrangeira ao que a cerca, ausente, retraída. Como se caminhasse ao lado de si, na sombra da vida que levou um dia.

De qualquer forma, sente prazer ao reencontrar pessoas queridas, antigos colegas e amigos, que demonstram afeto sincero. Convidam-na para jantar, para ir ao cinema, propõem trilhas, shows ou viagens de fim de semana, supondo que ela precisa de atividade, de companhia. Léna agradece a atenção, mas não consegue saborear os momentos nem se interessar pelas conversas — de trabalho, família, casa... É com muito custo que tenta se firmar no presente. Seus pensamentos estão sempre a levá-la de volta para lá, para Mahabalipuram, para Lalita. Ela não consegue parar de se perguntar como está a menina, se James e Mary estão lhe dando alguma folga no *dhaba*; se ela continua a estudar, a decifrar os livros em inglês que Léna deixou. Dali, não tem como falar com eles, como se comunicar, e o silêncio pesa. Por sorte, ela manteve contato com Preeti, a quem deu um celular novo antes de ir embora. Elas se falam com frequência. A chefe da brigada passa toda semana no *dhaba* para confirmar se a menina está bem, se não lhe falta nada.

Em pouco tempo, Léna é tomada por uma certeza: será impossível retomar a vida do ponto em que parou. Ela sente que está na fronteira entre dois mundos, sem pertencer inteiramente nem a um nem a outro. A viagem pretendia ser um passo para o lado, mas o passo virou uma vala.

Em uma noite mais agitada do que as outras, Léna tem uma ideia. Uma ideia singular, surreal.

Construir uma escola em Mahabalipuram.
Uma escola para Lalita,
E para todas e todos que, como ela, não nasceram no lugar certo.
Dar a eles o que a vida lhes recusou.
Começar tudo outra vez,
Voltar à estaca zero.

Aceitar as coisas como elas são.
Viver de novo.
Renascer, quem sabe.

Essas palavras são pronunciadas de forma tão nítida em sua alma que, ao despertar, Léna seria capaz de jurar que alguém se debruçou sobre ela durante a noite e as soprou em seu ouvido.

Ela não acredita em fantasmas nem espíritos, mas esse chamado vem de fora, dá para sentir. Seria François falando com ela, de onde está agora? Ou talvez seja a mãe de Lalita, que a menina se esforçou para desenhar. Ela sonhava em pôr a filha na escola, dissera James; deixou tudo para trás e atravessou o país na esperança de um futuro melhor. Léna pensa que poderia, hoje, continuar a aventura e realizar esse desejo. Não chegou a conhecer essa mulher, não sabe nada da vida dela, mas lhe faz um juramento solene: Lalita aprenderá a ler e escrever.

Léna se perguntou inúmeras vezes por que foi salva naquele dia, na praia. A resposta por fim aparece. Ela precisou viver para abrir essa escola, dar a mão a Lalita e tirá-la da miséria. Apesar do luto e da tristeza, Léna quer acreditar que a vida está à frente, sempre à frente. Pois ela sabe que lá, em uma praia nos confins do mundo, uma menininha a espera.

Capítulo 12

Lalita está sentada na areia. Ela não brinca como de costume; com a pipa apoiada a seu lado, olha fixamente o horizonte, imóvel, como se esperasse um sinal, uma aparição. De repente, vira o rosto e fica paralisada. Seria um sonho? É mesmo Léna que está ali? É ela, sim! Ela prometeu que voltaria, e ali está. Em um instante, a menina se levanta e corre até se jogar nos braços dela, em um impulso tão vigoroso e espontâneo que quase derruba Léna. Lalita a abraça como se disso dependesse sua vida. Parece que sua existência é aquela, por inteiro, aquele instante que não é apenas um momento de alegria, mas também de esperança, de afeto, de confiança retomada.

Léna é sufocada pela emoção da menina. Ela nunca teve filhos, mas sente que vira mãe, curiosamente, ao abraçar aquela criança que a vida lhe entregou. É um sentimento estranho, que ela nunca teve por nenhum de seus alunos, nem pelos mais queridos, e que vem a ela ali, com aquela menina calada de apenas 10 anos. A ternura de Lalita é um bálsamo, um unguento em meio ao tumulto do mundo, algumas pitadas de doçura que vêm para aliviar sua dor, atenuar seu tormento.

No *dhaba*, James e Mary recebem com frieza a volta de Léna. Parecem se perguntar o que ela quer, o que veio fazer ali. Não parecem ver com bons olhos o vínculo que cresce entre ela e a menina. Lalita corre atrás de Léna sem parar, uma pequena discípula, quieta e fiel, que sempre aguarda suas aparições. A menina passa cada vez mais tempo afastada do restaurante, seguindo os passos da mulher à menor oportunidade e escapando da autoridade do casal. Léna ainda não sabe que essa atitude é uma afronta a eles, pela qual pagará caro.

Na noite da chegada, ela encontra Preeti e a tropa no QG. Todas as jovens ficam felizes ao vê-la. Durante o ritual do *chai*, Léna conta sobre seu projeto, com entusiasmo. Preeti nunca a viu assim: apesar do cansaço da viagem, Léna parece animada por uma nova energia quase sobrenatural. *Vou abrir uma escola para as crianças do bairro*, declara. *As aulas poderiam acontecer aqui, na garagem, todo dia de manhã, até o começo da tarde. A brigada usaria o local no restante do tempo. Seria preciso organizar o espaço, pintar as paredes, esvaziar o pátio, evacuar as carrocerias... Podemos reaproveitar os pneus para brincadeiras...*

Léna pensou em tudo. Menciona até a pobre figueira, que mal se enxerga dali, atrás das pilhas de ferro-velho. Liberada dos entraves, a árvore ofereceria uma sombra agradável nos meses de verão. Ela afirma que pensou demoradamente no projeto, e que não é impossível realizá-lo.

Exige apenas trabalho, coragem e a colaboração dos moradores. Léna também espera ter o apoio de Preeti. Afinal, foi ela que lhe pediu aulas de inglês. Juntas, elas acenderam um fogo, uma pequena chama cultivada a cada aula e que depende apenas delas para se transformar em uma grande labareda.

Preeti escuta sem interromper. A ideia é sedutora, é claro, mas ela se mostra prudente. Léna pensou bem, mesmo? Está realmente disposta a se dedicar? Ninguém sonha em morar ali, suspira. Naquela região, o cotidiano é duro, e ela é prova disso. Preeti nunca questionou Léna sobre sua presença no bairro, mas, nesse dia, parece se perguntar o que levaria uma ocidental a abandonar a própria vida confortável para se instalar em um canto tão pobre, tão distante de tudo que ela conhece.

Entre elas, há o mistério, as palavras que não compartilharam, a tristeza que Léna deseja calar. Um dia, talvez, fale sobre isso. Talvez conte o drama que François causou naquela tarde de julho em que tudo mudou.

Mas ainda não é o momento. Por enquanto, ela quer pensar apenas no projeto, na escola que lhe dá um bom motivo para existir e manter-se de pé.

Preeti responde: o QG está à disposição dela, por que não? Mas e depois? Da onde tirar dinheiro para pagar a reforma? Como financiar os custos administrativos, o salário dos professores, a compra de material, de livros, de cadernos? Elas não podem pedir uma rupia sequer às pessoas do vilarejo, que não têm dinheiro nem para comprar comida. As escolas públicas contam com subvenção, mas não adianta esperar nada das autoridades, que não estão interessadas no ensino das crianças de bairros pobres. Quanto às autorizações necessárias, será preciso ter muita paciência para percorrer os meandros da administração pública indiana, gangrenada pela corrupção. Léna deverá mostrar determinação e confiança, e dispor de certa reserva financeira para obter dos representantes públicos locais uma única assinatura que seja, até no documento mais simples. Na Índia, esse tipo de empreitada pode levar meses, quiçá anos.

Léna está ciente de que o dinheiro é a peça-chave e considerou diferentes maneiras de financiar o projeto: fazer vaquinha nos lugares onde já deu aula; pedir ajuda aos colegas, amigos, parentes; estabelecer parcerias, apadrinhamento das crianças; obter doações de organizações privadas, indianas e francesas.

Ela também pensa na poupança que acumulou com François ao longo dos anos. Eles sonhavam em comprar uma casinha de pescador no Golfo de Morbihan. Gostavam da beleza do mar e da paisagem, da doçura do verão, dos passeios na praia em meio aos rochedos. François queria um barco. Dizia que a felicidade era isto: cabelos ao vento, pés na água. Eles tinham acabado de encontrar uma pequena construção que planejavam reformar quando aconteceu a tragédia.

Sem François, Léna não tem coragem de prosseguir. Aquele era um plano dos dois. Como conjugá-lo no singular? Ela abriu mão da Bretanha, da casa cujas pedras lembravam a ausência de François, e se exilou, bem longe, em uma terra na qual nenhum dos dois jamais pisara, virgem de lembranças, para tentar se refazer. Alguns amigos não entenderam; acharam que ela queria fugir. Léna não tentou se explicar. O luto é uma tristeza indivisível, que ninguém ajuda a carregar. Cada um o porta a seu modo.

No momento, investir na escola parece um modo justo de homenagear François. Léna sabe que ele a apoiaria. Eles compartilhavam da mesma dedicação à docência, das mesmas convicções, desde o dia em que se conheceram na universidade.

A história dos dois não era daquelas que inspiram filmes de Bollywood: não tinha reviravoltas, peripécias, danças espetaculares em cima de um trem nem grandes declarações. Apenas um carinho infinito, uma cumplicidade de corpo e alma. Uma felicidade feita de mil pedacinhos de nada, que não apenas não teme os obstáculos do cotidiano como também ganha força com ele. Um amor de longo prazo.
Um amor, e ponto.

Léna quer acreditar que a aventura não terminou. Que um pouco de François vai sobreviver na escola que ela está prestes a fundar. Ama a ideia de que ele possa contribuir, fazer parte, de onde quer que esteja.

Preeti entende, ao ouvi-la, que a iniciativa não tem nada de fantasia nem de capricho. Que não é uma quimera, mas uma empreitada de sobrevivência. Nem adianta, portanto, tentar dissuadi-la. É preciso reunir as jovens da brigada, arregaçar as mangas e botar a mão na massa, lado a lado.

Capítulo 13

De manhã, apesar da previsão de calor intenso, a tropa inteira se reúne no QG. Superando a desconfiança instintiva, Preeti aceitou pedir ajuda a alguns homens da vizinhança. Irmãos, primos e amigos das garotas da brigada foram dar uma força. Como boa líder, ela distribui tarefas, divide as áreas a serem arrumadas: os mais fortes se dedicarão a tirar dali as latarias velhas. Outros se dedicarão à limpeza e à pintura. Já os mais novos, como Lalita, serão responsáveis por decorar as paredes com desenhos de mandalas.

O trabalho começa ao amanhecer, para nas horas mais quentes do dia e prossegue até o cair da noite. Nesse estágio, é preciso de uma boa dose de imaginação para enxergar ali qualquer coisa além de uma construção abandonada. Não importa. Animados pela energia e pelo carisma de Preeti, todos se atarefam sob o ar sufocante. A moça se mostra tão convincente como mestre de obras quanto como treinadora de autodefesa. Em panelas enormes, suas tenentes preparam arroz e lentilha para alimentar o exército improvisado, enquanto outras assam *chapatis*.

O segundo dia mal começou quando uma das moças da brigada solta um grito: acabou de ver uma cobra no pátio, debaixo de um monte de ferro-velho! Em um instante, o lugar está vazio: todos ali temem a famosa naja. Dizem que seu veneno é um dos mais poderosos do mundo. Em poucos minutos, ela paralisa a presa, que, na falta de um antídoto, morre sufocada. Das dezenas de espécies de cobras peçonhentas típicas da região, essa é, sem dúvida, a mais assustadora.

A própria Preeti, normalmente tão temerária, parece entrar em pânico, tremendo que nem vara verde. Já os homens de boa vontade se recusam a trabalhar sob tais condições. A "cobra de óculos" não tem reputação de ser agressiva, mas reage na mesma hora quando é atacada ou pisoteada, mesmo que por acidente. Pôr os pés naquele terreno está fora de questão!

Léna logo se vê sozinha e desamparada no pátio parcialmente limpo. Resta apenas uma solução, suspira Preeti: chamar um encantador de serpentes. São muitos na região, bastante solicitados na temporada de monções — a chuva faz os répteis saírem do ninho, o que causa muito pavor entre as pessoas.

O homem aparece na garagem no dia seguinte. Vindo de um vilarejo vizinho, tem uma aparência imemorial: a pele do rosto é completamente seca, tão curtida quanto um pergaminho. Munido de um cajado, ele adentra o pátio, calçado em sapatilhas simples, como todos no bairro. Léna parece assustada, e o homem explica a Preeti que ele sabe o que faz, já que cumpre essa função desde os 10 anos — entre os *saperas*,* a comunidade da qual ele vem, o conhecimento é passado de geração a geração. Na família dele, as crianças aprendem a encantar cobras já aos 3 anos, balançando o punho devagar para acalmá-las e hipnotizá-las. Não é fantasia, é questão de sobrevivência. O interior transborda de serpentes, e os camponeses não têm como comprar soro e remédio. O homem encontra um buraco a alguns passos da figueira, pega o cajado e cava delicadamente: ele acaba revelando um ninho no qual dorme uma cobra interminável, cuidadosamente enroscada. É essa a hora da prudência, explica ele, aconselhando as mulheres a se afastar. A recomendação é supérflua: só de ver o bicho, Léna quase desmaia. Com a ponta do cajado, o encantador desaloja o animal, que se ergue e começa a sibilar com ar ameaçador. Em um gesto rápido e firme, o caçador pega a cobra pela cauda, segurando-a na mão, e a ergue vigorosamente, de cabeça para baixo. *Assim, a serpente não tem força para se levantar, nem para atacar*, explica a Léna e Preeti, que estão boquiabertas, antes de depositar a caça em um cesto que depois o homem fecha com o maior cuidado. É uma cobra-real, anuncia, orgulhoso. A espécie mais perigosa, cuja mordida é capaz de derrubar um elefante.

Como quem não quer nada, o homem retoma a exploração metódica do terreno. Ele não demora a voltar, trazendo

---

* Subcasta de caçadores e encantadores de serpente.

um segundo espécime, tão impressionante quanto o primeiro. *O pátio está infestado de bichos!* O encantador explica que a operação exigirá o dia inteiro. Em vez do preço inicialmente negociado, o homem pede cem rupias por serpente. Léna e Preeti se entreolham, consternadas. A chefe protesta, tenta discutir, desata em uma conversa da qual Léna não entende uma palavra sequer, mas que a moça traduz às pressas: o caçador alega os riscos do trabalho, além da punição a que está sujeito se for denunciado. Faz muito tempo que sua atividade é proibida, devido aos maus-tratos que certos encantadores infligem às serpentes. Ele não está entre aqueles que costuram a boca dos bichos ou os queimam vivos para vender a pele, mas será tratado como tal, preso e condenado a pagar uma multa severa. Como sua família sobreviveria? O povo da casta dele não tem outro modo de subsistência: não dispõe de terras nem sabe exercer nenhuma outra função. Ele conclui a discussão ameaçando soltar ali, na frente delas, as duas cobras que acabou de capturar.

Preeti fica irada. Como um tocador de *pungi*,* que hipnotiza serpentes, o homem sabe ninar os interlocutores com aquele cântico sabiamente preparado. Ele deve repetir a ladainha para todos do vilarejo que o convocam e, aterrorizados, são obrigados a ceder.

Depois de tentar negociar, a chefe acaba desistindo — o medo da cobra leva a melhor sobre sua tenacidade. Quando o encantador deixa o QG, à noite, o pátio está livre das ocupantes — e Léna, desprovida de alguns milhares de rupias.

---

* Espécie de flauta ou clarinete rústico.

Capítulo 14

Léna logo se vê submersa em todas as obrigações administrativas. Para garantir a gratuidade da escola para as crianças, precisa fundar uma ONG, e, para isso, reunir cerca de vinte pessoas que aceitem servir de fiadoras do projeto, estabelecer um conselho administrativo, elaborar um contrato fiduciário, dar início ao registro, solicitar subsídios... Isso sem contar o plano de negócios a desenvolver, a lista de possíveis financiamentos, o quadro de despesas orçamentárias. Em paralelo, é preciso obter a aprovação das autoridades educativas do Estado, cumprir as leis e regras determinadas pelo governo. Um verdadeiro quebra-cabeça indiano!

Às vezes, Léna acha que se perdeu em um labirinto. Passa horas à espera em corredores lotados e salas cheias de papel, diante de funcionários plácidos que invariavelmente apontam a falta de uma assinatura ou de um documento qualquer. Ela é enviada da prefeitura do vilarejo ao departamento administrativo de Chennai, no qual a mandam voltar exatamente ao lugar de onde saiu. Precisa obter a assinatura de um funcionário que está doente e que não foi substituído, e cuja aprovação ninguém mais pode conceder; precisa esperar que o computador avariado de um secretário volte do conserto. Quando, por milagre, o dossiê se mostra completo, por azar, ele é perdido, e Léna volta à estaca zero. Assim como nas *escape rooms* de que seus alunos franceses tanto gostavam, ela se sente aprisionada, com apenas uma diferença: esse jogo não tem a menor graça.

Léna sabe que uma varinha mágica poderia abrir as portas desse dédalo sem fim. No entanto, recusa-se a recorrer a esse tipo de prática. É uma questão de princípio, afirma, quando um representante local sugere que ela financie a obra da residência secundária dele em troca da aprovação desejada. Essas manobras permitiriam pular etapas em sua corrida de obstáculos, mas Léna está determinada a manter o leme da embarcação reto e direito. Não que viva apegada à retidão e a certa ideia de moralidade — ela poderia abrir mão disso, como de tantas outras coisas —, mas receia meter o dedo em uma engrenagem perigosa. Há funcionários venenosos como as serpentes: melhor manter distância e evitá-los.

Outra tarefa delicada a aguarda: ela deve contratar um professor ou uma professora para acompanhá-la. A carga horária da escola seria pesada demais para ela lidar sozinha. Além do mais, Léna não tem a intenção de se instalar definitivamente no vilarejo, apenas a de plantar uma semente capaz de crescer e, um dia, dar frutos de modo autônomo. Ela dará aula de inglês e Preeti, de educação física. Falta encontrar professores para as outras matérias: tâmil, matemática, ciência, história e geografia. Em suma, o essencial.

A empreitada se mostra delicada. Não faltam professores competentes no país, mas poucos estão dispostos a trabalhar com crianças *dalits*, afirma Preeti: é preciso recrutar no seio da comunidade. Não adianta procurar ali, em Mahabalipuram, onde os intocáveis são quase todos analfabetos, como na maioria dos vilarejos, e há mais pescadores e peixeiros do que professores. Nas cidades, por sua vez, alguns conseguem estudar e fazer faculdade, graças ao sistema de cotas para alunos oriundos de classes desfavorecidas. Léna precisa ampliar seu campo de ação, vasculhar os arredores para encontrar candidatos, avaliar os currículos, garantir que são aptos e motivados o bastante para ocupar aquele cargo exigente.

Durante a peregrinação, ela se sente cada vez mais limitada pela barreira linguística. Apesar de recorrer ao inglês, amplamente falado ali, e de ter o apoio de Preeti, que serve de intérprete, ela não é capaz de conversar livremente com os moradores do bairro e seus filhos. Assim, decide fazer um curso intensivo de tâmil, com aulas on-line. Infelizmente, ela logo se desencanta: embora o ouvido tenha se habituado à frequência estrangeira, o alfabeto local lhe dá mais dor de cabeça do que esperava. Léna passa noites em claro debruçada nas consoantes retroflexas, duplas ou vozeadas, treinando dobrar a língua no palato para estalá-la, como as pessoas dali fazem. Preeti e as garotas riem de sua pronúncia, e se oferecem para lhe dar aulas. Com elas, Léna entra em conversas alegres, pontuadas por xícaras de chá.

* * *

    A notícia de que uma ocidental planeja abrir uma escola em um bairro pobre de Mahabalipuram se espalha. Léna logo é procurada por um homem importante da cidade, um empresário rico que deseja encontrá-la. Munida do dossiê que constituiu com enorme paciência, ela se dirige a uma casa elegante com um jardim no qual se veem hibiscos, poinsétias e jasmins-manga. Léna entende que o interlocutor é de uma casta elevada, e encontrou prosperidade no comércio on-line, um mercado emergente na Índia. O país é puro paradoxo: milhões de habitantes não têm água potável, mas dispõem de acesso à internet e 4G. Léna se espanta ao ver, na feira, os vizinhos mais pobres sacarem do meio de trapos celulares de última geração. Uma veia que os empresários indianos e estrangeiros não demoraram a explorar.

    Enquanto o ouve dissertar sobre sua florescente atividade e as inéditas perspectivas que oferece, Léna se alegra com a possibilidade de ter encontrado um doador. Preeti estava enganada, pensa. Existe certa solidariedade, uma fraternidade que transcende a hierarquia das castas e as divisões da sociedade. Certamente, o apoio desse empreendedor será precioso. Como a leiteira de La Fontaine, Léna já se imagina abrindo uma segunda turma, contratando novos professores e — por que não? — propondo um pequeno internato para aqueles que vêm de longe e não têm como se deslocar. Infelizmente, o pote de leite cai e quebra no fim da conversa: o homem não a convidou para oferecer ajuda, tinha apenas a intenção de contratá-la como tutora dos próprios filhos. *Esses moleques intocáveis não valem nada*, suspira. *Para que se incomodar em educá-los?* O homem acrescenta que, trabalhando para ele, as condições seriam melhores e ela receberia mais. Teria moradia, motorista, um salário regular e significativo. Uma posição invejável, com a qual inúmeros professores teriam sonhado.

Léna sai da casa dele sem dizer uma palavra. Ela sabe que o silêncio às vezes é a melhor resposta, que não há nada a acrescentar, nenhum argumento a opor a tamanho desprezo e ignorância. Naquele instante, ela enxerga o abismo que separa as castas elevadas das mais desfavorecidas, há séculos e séculos, esse buraco profundo que engole milhões de homens, mulheres e crianças, e que ninguém ali parece disposto a superar ou fechar.

Capítulo 15

Como faz toda manhã, Léna desce para a praia, onde costuma encontrar Lalita, mas não a vê. Geralmente, a menina é a primeira a chegar, a se sentar na areia e preencher o caderno enquanto espera por Léna. Ela perscruta os arredores em busca da silhueta esguia, invariavelmente de leggings e vestido mal-ajambrado. Pescadores ocupados desembolam as redes; pigargos rondam a praia, na esperança de desfrutar dos restos dos peixes que as mulheres recolhem para vender na feira. Léna continua a exploração, mas sem sucesso: não se vê a menina no horizonte.

Ela decide ir até o *dhaba*, mas encontra a porta fechada — algo raro. Inquieta, bate na porta. Nada. Teimosa, insiste até Mary aparecer, vestida com o avental de sempre. Em algumas palavras desajeitadas em tâmil, pede para ver Lalita... E logo se detém. Ninguém ali a chama assim. Para todos eles, o nome dela é Holy. Impávida, Mary abana a cabeça e bate a porta na cara de Léna.

* * *

Perplexa, Léna decide esperar James voltar da pesca. Ele não demora a chegar, trazendo um caixote de peixe, e fecha a cara ao vê-la. Com gestos bruscos, a enxota dali. Começa a vociferar frases cujos detalhes Léna não compreende, mas deixa claro o essencial: Holy não vai sair. E Léna não é mais bem-vinda no *dhaba*.

Em choque, Léna liga para Preeti, que pula na lambreta e vai às pressas para lá. Ela tenta intervir com James, que fica cada vez mais irritado. *Desde que Holy começou a aprender a ler*, diz ele, *não faz mais nada no restaurante! Passa o tempo todo com esses livros! Some por horas a fio, volta só de noite... Ninguém sabe por onde ela anda, o que ela faz da vida.* Ele acrescenta que a menina mudou e começou a enfrentá-lo. *Já basta*, conclui. *Acabou esse negócio de aulas!*

Léna não sabe como reagir. Sente que não é sensato confrontar James diretamente: ele tem autoridade total sobre Holy. Melhor adotar outra estratégia: ela diz que a menina é talentosa, que tem grandes habilidades. Menciona a escola que vai abrir, um estabelecimento inteiramente gratuito que poderia recebê-la. Mas James faz que não com a cabeça: Holy não vai pisar nessa escola. Ele não vê propósito nisso. Além do mais, não tem dinheiro para contratar um funcionário que ocupe o lugar dela no *dhaba*. *As aulas serão pela manhã*, insiste Léna, *e acabarão no começo da tarde; ela estará aqui toda noite, e durante o fim de semana inteiro...* Não adianta. James está inabalável. *Meninas não precisam de educação*, repete ele, obstinado. Entendendo que a conversa chegou a um impasse, Léna tenta envolver Mary, na esperança de obter o ponto de vista de outra mulher, mas logo se decepciona: Mary se recusa a tomar partido e se tranca na cozinha. Ela não tem outra opinião que não seja a do marido. É submissa a ele, e visivelmente não tem coragem, nem vontade, de se opor. É daquelas que, resignadas, veem as mesmas violências e injustiças se perpetuarem de uma geração a outra sem sequer protestar.

Léna volta ao QG abatida. Mergulhou de cabeça nessa aventura sem tomar a precaução mais fundamental: garantir que as famílias matriculariam as crianças na escola. Quantos vão compartilhar da opinião de James? Mesmo que não sejam todos tão retrógrados, ela tem que enfrentar a realidade: o trabalho das crianças representa uma renda a que a maioria dos pais do vilarejo não pode renunciar.

Preeti então menciona Kamaraj, o antigo ministro-chefe de Tâmil Nadu que, em sua época, lutou pela educação das classes mais desfavorecidas, prometendo que, na escola, todos os alunos seriam alimentados gratuitamente. *Free meal* era seu lema, o melhor que havia. Ele foi muito convincente. Infelizmente, a iniciativa não chegou ali, naquele subúrbio pobre onde as crianças seguem analfabetas — e muitas vezes passam fome.

Léna retoma aquela ideia. E, se não bastar, oferecerá o dobro, prometerá sacos de arroz para compensar a perda de renda das famílias. Irá até onde for necessário. Está disposta a qualquer audácia, qualquer barganha, por mais incongruente que seja. Trocar arroz por alunos é uma negociação surpreendente e ela sabe disso. Mas que seja; nessa luta, o fim justifica os meios.

Já no dia seguinte, ela volta a bater à porta de James. Furioso ao vê-la de novo, ele responde exasperado: não precisa de arroz, precisa de mão de obra barata! Léna teima: *A escola é obrigatória*, diz. *O trabalho infantil é proibido! Por lei!* James se empertiga e a olha de cima a baixo, tomado pelo desprezo. Quem é ela para lhe dar lições de moral? Por acaso imagina o que eles vivem ali? Ele perdeu dois filhos no mar e, ainda assim, pesca toda manhã, apesar do perigo, para sustentar a família! Holy pode até trabalhar, mas não passa necessidade. E, no que diz respeito à lei, ele não está nem aí, pois não é a lei que bota comida na mesa. Com essas últimas palavras, ele expulsa Léna do restaurante: melhor ela voltar para o próprio país!

Ao encontrar Preeti, Léna desaba. Ela tentou de tudo, mas não para de quebrar a cara. É impensável abrir a escola sem Lalita: a menina é o motivo de todo aquele projeto. Léna sente-se péssima com o fracasso. Correu uma maratona e foi tropeçar a poucos metros da linha de chegada... Ao vê-la abatida, Preeti tem uma ideia. Propõe uma expedição da brigada ao *dhaba*. Saquear o restaurante certamente resolveria o problema! E, se não adiantar, ela própria cuidará de James. Não tem medo dele. E, para provar sua coragem, exibe suas cicatrizes, vestígios de inúmeras missões, diante do olhar zonzo de Léna. No ombro esquerdo, uma facada que levou quando se interpôs entre um agressor e uma jovem vítima. Na coxa, os traços de um cassetete empunhado com violência por um policial quando

Preeti protegeu uma mulher de assédio. No braço direito, uma marca de mordida: ainda é possível distinguir os dois incisivos do louco que a atacou quando ela tentou dominá-lo depois de ele ter estuprado uma pobre menina.

É impressionante, concorda Léna, mas mexer com o *dhaba* não é uma opção! Muito menos espancar James! Isso só pioraria as coisas. Sem recursos, Lalita acabaria na rua, com toda a família. Léna recusa o uso da força; talvez seja a única possibilidade em casos urgentes, como os que Preeti descreveu, mas agora não é hora disso. A violência é um sinal de fracasso, retruca ela; a escola não pode ser construída sobre uma base assim.

Por desespero, Léna decide ir à delegacia mais próxima e prestar uma queixa. Uma atitude extrema, mas ela não vê outra solução. Entra em um edifício tão decadente que parece a ponto de ser demolido. Lá, a multidão agitada se aglomera na fila do único guichê, onde se encontra um policial barrigudo, de olhar vazio e indiferente. Ao redor dele se atropelam pedintes detidos por furto, dois homens que se xingam ruidosamente, um condutor de riquixá atropelado que aponta o veículo desmontado na porta, um homem idoso e desvairado, dois turistas holandeses cujos passaportes foram roubados e uma cigana vituperando um grupo de *hijras*[*] sob a acusação de a terem enfeitiçado. Léna passa horas à espera, até finalmente ser conduzida a uma salinha lotada de papéis, na qual encontra um policial mascando bétele. Enquanto ouve seu depoimento com ar

---

[*] Comunidade transgênero, ao mesmo tempo temida e venerada.

desinteressado, o homem puxa o tempo todo uma lixeira de perto dos pés para cuspir escarro vermelho-sangue. Verde de enjoo, Léna o vê redigir o documento, carimbá-lo e guardá-lo em uma gaveta, de onde aquele papel, ela percebe com consternação, não sairá nunca mais.

Ao chegar ao QG no dia seguinte, ela encontra James fora de si, no meio do pátio, em plena briga com Preeti: ele cospe na moça uma série de ofensas e a ameaça com o punho cerrado. Ao redor deles, a obra foi interrompida: as garotas da brigada cercam a líder, que, longe de se deixar intimidar, grita tão alto quanto ele. Léna imediatamente se põe entre os dois. *O dhaba foi atacado!*, grita James. *Quebraram os vidros de madrugada!* Ele tem certeza de que foi obra de Preeti: vizinhos afirmaram ter visto silhuetas rubro-negras na rua logo depois do crime. A chefe nem tenta desmentir. Possessa, responde no mesmo tom, chamando-o de explorador de crianças, oportunista e covarde.

Ao entender que Preeti pôs o plano em prática, mesmo sem sua aprovação, Léna a fulmina com o olhar. Pede que ela se afaste e a deixe resolver a disputa. Convida James a se sentar no ginásio para conversar com calma e negociar. Ela está disposta a pagar pelo conserto dos vidros, diz. Quanto a Holy, quer propor um acordo. Está disposta a auxiliá-lo financeiramente, a fim de permitir que ele contrate um funcionário para o *dhaba*. Em troca, James deve prometer que deixará a menina ir à escola e estudar. Ao ouvir falar de dinheiro, o homem fica milagrosamente manso. Passa até a cooperar. Por dentro, Léna sente repugnância, mas se consola ao pensar que aquilo oferecerá trabalho a alguém do vilarejo. Desde que se mudou para lá, aprendeu a deixar de lado seus escrúpulos e preconceitos.

Finalmente os dois chegam a um acordo, após uma grande discussão sobre o valor da "subvenção" combinada. Ao sair da garagem, James parece satisfeito. Léna o vê se afastar; está exausta, mas contente com a vitória obtida a grandes penas. Não importa o custo do conchavo: o futuro de Lalita vale o preço.

À noite, em vez do chá, o que esquenta a garagem é uma briga. Léna está furiosa por Preeti ter agido à revelia dela. De sua parte, a líder reprova a atitude de Léna e o acordo a que chegou com James. *O dinheiro não resolve todos os problemas!*, exclama. *Não dá para comprar tudo!* E ela não confia no dono do restaurante. Ele é dissimulado, mais sinuoso que uma serpente. Pensando bem, decide que até prefere as cobras: com elas, pelo menos, dá para saber de onde vem o perigo!

Léna conhece Preeti e seu humor altamente volátil. A fúria que a anima é uma reserva de energia formidável para os atos da brigada, mas também pode se voltar contra ela. A impulsividade é má conselheira, diz Léna. E, no futuro, ela não quer mais saber desses excessos. Nada de vidro quebrado ou missões noturnas! Elas precisam agir com sensatez e confiança. Se não tiverem os mesmos métodos para lidar com os conflitos, precisam entrar em acordo e pensar antes de agir. Depende disso o sucesso do projeto, e também a amizade das duas. Preeti resmunga, solta um pedido de desculpas suspirando e acende o fogão antes de pegar as xícaras de metal para servir o chá.

* * *

Depois de três reconciliatórias xícaras de *chai*, Léna fica sozinha. Será que tomou a melhor decisão? Diante de Preeti, ela não quis baixar a guarda, mas no fundo está em dúvida. Sabe que não existe nobreza alguma em comprar o futuro de uma criança, em dominar por meio do dinheiro um desafortunado homem do vilarejo. Mas será que há outra opção? *Você está pensando em fazer a mesma coisa por todas as crianças do bairro?*, disparou Preeti, encurralando-a. *Porque não é possível*, acrescentou. E é evidente que ela está certa. Léna não é a dona da verdade. Ela navega a olho nu, se esforçando para evitar os obstáculos e perigos.

No dia seguinte, vai encontrar Lalita no *dhaba*. A menina está sentada no canto, sozinha com a boneca, debruçada no caderno. Ao vê-la, se levanta e corre para abraçá-la. Naquele instante, Léna se tranquiliza, as dúvidas desaparecem: dali a poucos meses, a menina entrará na escola. Suas algemas serão arrebentadas. E o desejo de sua mãe finalmente será concretizado.

Capítulo 16

Ele aparece na porta da garagem certa manhã. Tem os traços finos, o olhar penetrante, o cabelo preto e cacheado. Soube que Léna está procurando por professores para a futura escola e pretende se candidatar. Léna fica perplexa: a empreitada estava enfrentando tantos obstáculos que ela não esperava uma candidatura espontânea. Convida o rapaz a entrar na sala em obra e pede que ele tome cuidado com as paredes recém-caiadas.

Lá fora, a brigada treina perto da figueira, no pátio finalmente limpo. Sob o olhar de Preeti, as garotas se dedicam a repetir um movimento do *nishastrakala* que a chefe acabou de demonstrar.

Léna convida o desconhecido a sentar-se no *charpoy* e se acomoda diante dele. O rapaz deve ter uns 22, 23 anos, no máximo. Vindo de um subúrbio vizinho, ele acaba de obter seu diploma na Universidade de Chennai, explica. Chama-se Kumar. Em tâmil, a palavra quer dizer "príncipe", mas de nobre ele só tem o nome. Nascido de um casamento misto, o rapaz é filho de um *dalit* com uma brâmane. É uma mescla inusitada, pensa Léna, até inimaginável, em um país onde a união entre castas é proibida, às vezes sob pena de morte. É impossível contar os crimes de honra perpetrados pelas famílias das castas supostamente superiores, algumas das quais preferem assassinar os filhos a aceitar casamentos vistos como desonrosos. Ali, todos se lembram da trágica história do casal de estudantes, amplamente divulgada pela mídia, que decidiu fugir para viver seu amor em liberdade. Os jovens foram surpreendidos e atacados por cinco indivíduos de moto armados com sabres e facões. O rapaz sucumbiu às lesões, enquanto sua prometida, gravemente ferida, sobreviveu. A investigação revelou que o ataque fora ordenado pelo pai da moça. Condenado em primeira instância, ele acabou absolvido. Quanto à moça, até hoje é obrigada a viver sob proteção policial.

Esse tipo de história não é rara — a de Kumar é muito mais excepcional. Seus pais não temeram pela própria vida, mas a mãe foi rejeitada pela família e pela comunidade. Ela não tem contato com eles há quase trinta anos. É assim que as coisas são: não se sai impune de uma traição à casta. Não se muda de categoria.

Hoje, Kumar deseja voltar ao vilarejo onde nasceu e oferecer às crianças aquilo que pôde ter: uma educação sólida e uma chance de melhorar de vida. Léna fica comovida com o discurso do rapaz, que parece apresentar todas as competências necessárias. Simpático, perspicaz e fluente em inglês. Une o conhecimento da posição dos intocáveis à vontade de transmitir os saberes que as castas elevadas passaram séculos cultivando e protegendo com egoísmo. Seu percurso é exemplar: escolaridade sem tropeços, resultados brilhantes. Por fora, está tudo perfeito. Um dia, contudo, ele contará dos trotes que sofreu no ensino fundamental, no ensino médio, até na faculdade. As crianças hindus herdam a casta do pai: assim, por infortúnio, Kumar é *dalit*, mesmo que metade de seu sangue seja brâmane. Sem pertencer plenamente a qualquer comunidade, ele muitas vezes se sente estrangeiro na própria terra. Sua mestiçagem é uma herança onerosa.

Do pátio, Preeti os observa pela janela aberta, intrigada. Enquanto acompanha, distraída, o treino das garotas, ela parece se perguntar quem é aquele desconhecido com quem Léna conduz uma reunião tão demorada. Sob o pretexto de ir buscar a *dupatta*, ela entra na sala, como quem não quer nada. Léna a apresenta a Kumar, que está prestes a ir embora. Desconfiada como sempre, Preeti o analisa da cabeça aos pés. Não oferece a mão em cumprimento — ali, homens e mulheres não costumam se tocar. Ela observa seu rosto, os traços finos. A pele não é tão escura quanto a do povo da região. A tez mais clara indica uma mistura, uma origem mais elevada. Na Índia, a cor é um indicativo da classe social. Enquanto os atores de Bollywood são pálidos, às vezes quase parecendo ocidentais, os *dalits* em geral têm olhos pretos e pele escura.

Eles não trocam uma palavra. Ficam ali, se encarando e se avaliando, em um silêncio que nenhum dos dois se arrisca a romper. Kumar por fim agradece a Léna, dá meia-volta e sai do QG.

Ao anoitecer, na hora do chá, Léna está alegre: o rapaz tem um currículo impecável, um perfil único. Passaram apenas uma hora juntos, mas dá para ver que ele tem a fibra de um bom professor. Ela fala por experiência própria: ao longo dos anos, aprendeu a distinguir os que escolhem a carreira por padrão, pois se apaixonam por uma matéria que não oferece outro caminho ou apenas desejam um emprego estável, dos que nutrem um profundo desejo de ensinar. Kumar pertence ao segundo grupo, ela tem certeza.

Preeti não compartilha de seu entusiasmo. Ele é sem dúvida competente, concorda, mas ela conhece aquele tipo de gente: assim que aparecer uma oportunidade melhor, ele as deixará para trás. Os brâmanes são assim, arrogantes, ambiciosos, cientes de seu pertencimento à elite e ciosos dos próprios interesses. A escola o ajudará a superar a inexperiência e servirá de trampolim; ele se formará em campo, com as crianças, antes de procurar uma vaga mais atraente, com um salário melhor. Preeti não acredita nem no discurso nem na motivação de Kumar; para ela, é tudo mentira. Seria bom demais para ser verdade.

Para Léna, esse julgamento é categórico e limitado. Entende a desconfiança que a moça nutre em relação aos brâmanes, mas Kumar não vem de berço de ouro. Não se beneficiou de privilégio algum. Sua origem não lhe serviu de nada. Como tantos outros, ele sofreu discriminação e rejeição. Apanhou e decidiu retaliar, não pelo combate físico, mas pelo da consciência. Lembrando que a segregação é uma via de mão dupla, Léna pergunta por que ela se daria o direito de proibi-lo de ensinar na escola: em nome de que tradição, de que casta, de que cor de pele? Preeti teria virado um desses censores que tanto condena?

Além disso, como ela própria previa, os candidatos não são muitos. Léna viu mais interesse nas associações estrangeiras do que entre os professores indianos. É indiscutível: a sociedade não está pronta para evoluir. Ali, todos fazem pouco caso das crianças *dalits*. Portanto, ela está cada vez mais convicta de que o professor da escola deve vir dessa comunidade. A mudança começará por dentro, não há outro jeito. Nessa pequena revolução, Léna é apenas um vetor simples, uma artesã discreta. Ela se vê como um relojoeiro, retirando-se depois de horas de trabalho para deixar o mecanismo funcionar. Kumar é uma das peças dessa engrenagem. Ele tem lugar naquele projeto.

Apesar da reticência de Preeti, ela está disposta a assumir a decisão. O futuro dirá se teve ou não razão. Léna deseja manter o prumo, continuar fiel às suas convicções. Nessa empreitada inédita, o instinto é sua única bússola, seu único aliado. Ela tem apenas uma certeza: é preciso acreditar que tudo é possível e continuar avançando.

Capítulo 17

Enfim, a obra acaba. No fundo do pátio, em um anexo da garagem tomado por espinheiros e atulhado de ferramentas velhas e galões abandonados, Léna decide montar seus aposentos. Cansou dos quartos de hotel e dos apartamentos mobiliados que conseguiu arranjar. Prefere morar ali, do lado da escola, no coração dessa periferia onde seu projeto floresce. Não precisa de muita coisa: só de alguns metros quadrados onde possa abrigar uma cama, uma mesa e um baú de ferro para guardar suas roupas. Outro cômodo é oferecido a Preeti, que até então dormia na sala de treino. Ela se diz emocionada com a ideia de ter um quarto pela primeira vez na vida. Quando criança, morava com os pais e os irmãos em um barraco minúsculo. No abrigo onde encontrou refúgio, eram umas trinta garotas apinhadas no dormitório. Aos 22 anos, finalmente terá um espaço só dela. A ideia lhe traz orgulho e conforto. Como decoração, pendura apenas o retrato de Usha que antes ficava no QG. É seu único bem. Todos os seus pertences cabem em uma bolsa de pano simples, e a mudança não é difícil.

* * *

Léna, por sua vez, se cerca de um punhado de livros, um aparelho de rádio e um notebook com conexão à internet, milagrosamente providenciada por uma das garotas da brigada. Apesar dos caprichos da rede indiana, tem acesso ao e-mail, indispensável para a arrecadação de fundos a que se lançou. Por fim, pendura na parede aquela foto de François que tanto ama, único testemunho visível da vida passada: é um retrato dele em um barco, sorridente, na Bretanha, com o mar ao fundo. É assim que Léna quer se lembrar dele: um homem feliz e livre, navegando em mar aberto em um dia de primavera.

No fundo da garagem são instalados banheiros e um chuveiro, junto a um pequeno espaço que serve de cozinha. Não é nada luxuoso, mas tem o necessário. No vilarejo, a maioria dos moradores sequer dispõe de água encanada: alguns tomam banho na lagoa vizinha e outros se limpam junto ao poço, de roupa e tudo. Da primeira vez que Léna viu a cena, se demorou um instante — viu que esfregavam discretamente o sabonete na pele por baixo da roupa, antes de enxaguar. É questão de hábito, disse Preeti, que costumava fazer o mesmo.

Com a ajuda das crianças do bairro, as garotas pintam os pneus velhos para montar no pátio um parquinho com brinquedos. Um dos pneus servirá de assento para o balanço que Léna quer pendurar na figueira. Balanços são importantes, diz. Ela acredita até que sejam essenciais. Vê neles um símbolo: de esperança, de liberdade encontrada.

O balanço é como uma pipa, pensa ela: sai do chão e sobe ao ar, desafiando as leis da gravidade. É o caso também daquelas crianças nascidas na miséria, que subirão na vida por meio da educação.

Esse pensamento a acompanha e conduz ao longo da corrida de obstáculos, ao longo da luta contra os funcionários corruptos e as serpentes, os intermináveis processos junto à administração e as várias viagens entre a Índia e a França para arrecadar fundos. Trabalhando sem parar, Léna apresentou pedidos a associações, empresas e fundações, e recorreu também à própria rede de amigos e conhecidos. Embora alguns se preocupem ao vê-la engajada naquele projeto, a maioria fica feliz em ajudar. Seus antigos colegas decidem organizar, nos lugares onde ensinam, coletas de material: lápis, cadernos, tinta, papel, suprimentos que enviam em caixas cheias, que ela desembrulha com imensa alegria e prazer. Léna recebe com um enorme sorriso o cheiro artificial do papel novo e dos cadernos, que lhe causam deleite como uma *madeleine* de Proust, levando-a de volta aos anos mais belos.

Na feira, ela compra rolos de tecido, com os quais as garotas fabricam uniformes. *A gente não sabe ler, mas sabe costurar*, diz uma delas, bem-humorada, em tâmil. Léna sorri — entende cada vez melhor a língua, frases inteiras das conversas que Preeti nunca deixa de conduzir, diariamente, na hora do chá, como boa e dedicada professora.

Nas paredes da escola, Lalita e as crianças do bairro pintaram mandalas enormes, que ali não são consideradas meros desenhos, mas formas dotadas de poderes, como o da harmonia e da paz. Há quem diga que elas capturam o medo, e Léna espera que isso seja verdade. Aprendeu a reconhecer os *kolams* que as mulheres desenham no chão na frente de casa, desde o amanhecer, com pó de arroz, seguindo uma tradição antiga do sul da Índia. Feitas de pontos sabiamente dispostos em intervalos regulares e linhas curvas que os conectam, suas criações frágeis vão se apagando ao longo das horas sob os pés das pessoas, as rodas dos carros e o sopro do vento. Uma arte efêmera, o que a torna ainda mais fascinante.

Lalita gosta do exercício, tão delicado quanto elegante. Todo dia, desenha em frente à porta da escola uma forma diferente. Embora Léna não goste de vê-la curvada, voltada para o chão, não demora a reconhecer nela um verdadeiro talento. Também vê ali uma forma de filosofia: fugaz e temporário, o *kolam* nasce do pó e volta a ser pó, lembrando a todos que compartilhamos esse destino.

Nessa manhã, a menina dá os últimos toques no desenho do dia quando vê o carteiro chegar — ela o reconhece pelo uniforme bege e o boné. Em vez de deixar a correspondência na caixa de correio, o homem entrega a Lalita uma carta endereçada a Léna. A menina corre então para a sala de aula, onde encontra a mulher pregando uma lousa na parede. Léna fica paralisada ao ver o envelope marcado com o selo do Estado e perde o fôlego ao descobrir nele o tão desejado documento: a autorização oficial para a abertura da escola finalmente chegou! Ela deixa a alegria transbordar e abraça Lalita, e logo Preeti vem correndo, alertada pelo barulho, acompanhada da tropa inteira e de um aglomerado de crianças do bairro. Elas improvisam uma dança ao redor da árvore, que nunca se viu cercada desse jeito!

Para comemorar o fim da obra e a abertura iminente da escola, as meninas sugerem organizar uma cerimônia. É comum ali, logo antes da volta às aulas, invocar a proteção de Saraswati, a deusa do conhecimento, da sabedoria e das artes: os livros didáticos e os cadernos ainda sem uso são dispostos diante de uma imagem da divindade, para que sua boa vontade acompanhe os alunos o ano inteiro. Tipicamente, cada família faz o ritual em seu próprio lar, mas dessa vez o material é reunido na sala de aula, perto de um quadro da divindade de quatro braços sentada de pernas cruzadas, tocando *vina*.[*] Os futuros estudantes e seus pais são convidados, assim como Kumar e todos os moradores do vilarejo que ajudaram com o projeto.

Para a ocasião, o pátio e o pequeno edifício são decorados com guirlandas de cravo e jasmim, as famosas *maalais* hindus que ornamentam as casas e os templos, e que são dispostas aos pés das estátuas de divindades a fim de homenageá-las.

Na véspera da comemoração, as que sabem cozinhar preparam pratos tradicionais em enormes panelas: *sambar*[**]

---

[*] Instrumento indiano semelhante a um alaúde.
[**] Prato típico do sul da Índia, à base de lentilhas e especiarias.

de legumes, *poryial*,* *meen kuzhambu*** e *medu vada* — bolinhos dourados que as crianças amam, acompanhados de iogurte cremoso e chutney de coco. Enquanto joga as bolas de massa de lentilha no óleo fervente, uma das jovens cozinheiras conta uma fábula popular, que todos ali conhecem: *O corvo e o vada*. O corvo pega um *vada* que uma senhora vendia na rua e está prestes a devorá-lo, empoleirado em um galho, quando aparece uma raposa. Ao entender que a ave não tem a menor intenção de compartilhar seu tesouro, o esperto animal decide elogiá-la e pede que cante. Ao abrir o bico, o corvo derruba o bolinho suculento bem na boca da raposa, que o engole de uma vez. Moral da história: nunca se deve cantar enquanto se come *vada*, conclui a cozinheira, bem-humorada. O grupo todo ri, assim como Léna, surpresa com a versão tâmil da história tão famosa na França. Se La Fontaine se inspirou em Esopo, ela se pergunta quem foi, o poeta grego ou um contador de histórias indiano, que pegou a narrativa do outro!

A festa segue a todo vapor até o fim do dia. Léna, como em um sonho, contempla os moradores do vilarejo animados no pátio, as crianças se revezando no balanço, os curiosos aglomerados na sala de aula, diante dos livros e da lousa recém-pendurada. Ela sabe que a aventura está só começando, que ainda falta fazer muita coisa, que mil dificuldades certamente virão. Nesse dia, porém, quer apenas

---

* Curry de legumes secos refogados.
** Curry de peixe à base de suco de tamarindo, temperado com alho e pimenta, tradicional da cultura tâmil.

se alegrar, aproveitar a vitória, saborear os *vadas*, o *sambar* e o *chai* picante em meio às gargalhadas e à cantoria, da manhã ao anoitecer.

É só após o fim dos festejos, quando se vê sozinha na escola, novamente silenciosa, que ela sente o baque. Um choque imposto pelo calendário. Na efervescência das semanas e dos meses anteriores, não quis pensar no assunto. Ela sabe que, na Índia, o ano escolar começa no início de julho, mas não imaginou que a vida lhe daria uma rasteira tão cruel.

Por um estranho capricho do acaso — ou do destino, quem sabe, mesmo que ela não acredite em sinais —, a escola abrirá as portas exatamente dois anos após a morte de François. A tragédia volta a ela como um bumerangue, a derruba e fulmina, varre para longe seu entusiasmo, sua determinação, sua energia.

Ela tentou lutar com todas as forças. Brigou contra o vento e a maré. Nesse momento, no entanto, a maré é forte demais, faz Léna submergir e a carrega para o mar aberto, como a correnteza o fez naquele dia, na praia. Infelizmente, não há pipa, anjo da guarda nem brigada para arrancá-la da armadilha em que se sente cair. Ela é apenas uma mulher esmagada, minguada, capturada por demônios que a arrastam e a arremessam em um abismo sem fundo.

Bouguenais, arredores de Nantes, dois anos antes.

O grito estridente do sinal ressoa. Na mesma hora, as portas das salas de aula se abrem, liberando grupos de adolescentes agitados que inundam bruscamente os corredores e as escadas, como cachoeiras se derramando pela saída em um estardalhaço ensurdecedor. É o último dia do ano letivo — para alguns, um alívio; para outros, o começo do problema.

Faz calor nesse mês de julho. Na sala que ela ocupa, no segundo andar do edifício principal, Léna guarda o material e limpa a lousa. Organiza as cadeiras, largadas de qualquer jeito junto às mesas rabiscadas. Desse colégio, onde dá aulas há tantos anos, conhece todos os cantos. É sua segunda casa, o lugar onde passa a maior parte do tempo. Ela avança um pouco pelo corredor, até o laboratório de ciências onde François em geral se mantém ocupado. A sala foi arrumada para as férias. Os tubos de ensaio, os microscópios, as provetas e os béqueres estão guardados no armário, perto do esqueleto Oscar. Não há mais ninguém ali. François deve ter ido encontrar os outros no térreo, na sala dos professores, para tomar um café. Eles têm o costume de, no fim do dia, bater papo com Thibault, Leïla e os outros que ainda não foram embora. Alguns dos colegas viraram amigos íntimos. Não do tipo com quem desabafam sobre as vicissitudes do emprego, as condições de trabalho, a falta de educação dos alunos ou as salas lotadas. Eles preferem comentar as notícias, falar de tudo, de nada, e especialmente da vida, aquela que os aguarda do outro lado dos portões da escola.

Léna está descendo a escada quando soam os baques. De início, ela acha que são fogos de artifício, soltados no pátio por algum gaiato, mas depois vêm os gritos apavorados, de gelar o sangue. Ela não demora a entender que os ruídos secos, brutais e precisos que acaba de ouvir vêm de uma arma de fogo — um revólver ou fuzil. Uma onda de pânico agita o térreo. Alguns sobem as escadas para se refugiar nas salas de aula, nos banheiros, na casa de máquinas, na oficina técnica ou na sala da caldeira. Léna sente alguém segurá-la, puxá-la para o laboratório de onde acabou de sair. É sua colega Nathalie, que a pegou pela mão e a arrasta para trás dos armários. Dali onde está, Léna vê apenas um trecho do corredor, mascarado pela silhueta lúgubre do esqueleto atrás do qual se refugiaram. Um presságio sombrio.

Ela sabe que François está lá embaixo.

Logo se faz silêncio, não um silêncio tranquilizante, mas uma calma angustiante, que carrega o eco da tragédia. A sequência se desenrola como um filme em câmera lenta, um pesadelo do qual Léna deseja fugir. O que ela vê ao descer ficará eternamente gravado em sua memória. O corpo de François, deitado, sem vida, no meio do hall espaçoso do térreo, ao lado do vice-diretor, que os socorristas tentam reanimar, em meio a uma multidão indistinta na qual se misturam professores em estado de choque e alunos paralisados.

Ele se chama Lucas Meyer. Todo mundo o conhece. Faz dois anos que Léna dá aulas de inglês para ele. Já conheceu os pais do menino. É um adolescente sem grandes histórias — pelo menos até aquele dia. Para explicar seu ato, a mídia vai querer pintar o retrato de um garoto frágil, fechado. Vai tentar catalogá-lo, colar nele uma etiqueta, a fim de tornar o episódio mais compreensível ou, estranhamente, mais aceitável. A verdade é mais perturbadora: Lucas não é psicótico nem esquizofrênico. Tem amigos e uma vida social que a maioria das pessoas consideraria comum. É bem integrado. Não passou por traumas, maus-tratos ou abusos constantes.

Sobre ele, dirão e desdirão tudo. Os especialistas mencionarão o divórcio dos pais, a relação conflituosa com o pai, a crise da adolescência, a influência dos filmes e dos jogos de videogame, a estrutura escolar inadequada, a rejeição de figuras de autoridade... Tratarão de uma combinação complexa de fatores ambientais, familiares e individuais, palavras eruditas para dizer que, no fundo, ninguém sabe por que ele fez o que fez. A realidade foge a qualquer tentativa de classificação.

Eles observarão com microscópio o desenrolar das semanas precedentes: a altercação com o vice-diretor por causa do celular confiscado, o conselho disciplinar, a suspensão que certamente provocou uma sensação de injustiça e humilhação. Nada de excepcional, na verdade. Por que motivo o garoto voltou para se vingar, no último dia de aula, depois de roubar a espingarda do pai? Ele estava a caminho da diretoria quando François tentou intervir e argumentar com ele. Não se sabe por que Lucas começou a atirar.

Quem falhou? Em que momento? Seria possível ter feito diferente? As perguntas serão escavadas, aprofundadas, analisadas por especialistas de todo tipo, e todos darão uma opinião. Jornalistas se dedicarão a relatar o acontecimento por dias a fio, em reportagens, debates e transmissões, entrevistas e testemunhos.

Para Léna, a vida vira de ponta-cabeça. Primeiro, vem o medo, a incredulidade, a raiva antes do desabamento. Ela passa as semanas seguintes em casa, completamente trancada. Não sai mais, desliga o rádio e a televisão, que a lembram da tragédia de maneira incessante. As mensagens de apoio que recebe da família, dos colegas e dos amigos são impotentes, não têm nem como ajudar — a atenção deles é uma lembrança constante do que aconteceu. Ela não consegue se concentrar em atividade alguma; sua consciência é monopolizada pelos fatos, colonizada, invadida. Léna se afoga em um mar de ruminações, não consegue parar de se perguntar o que deveria ter feito, o que deveria ter visto, o que não soube decifrar na atitude do garoto. Ela havia se oposto à suspensão dele, assim como François — sem imaginar, entretanto, as consequências dessa punição, validada pelo conselho disciplinar.

Ela deveria ter argumentado mais, insistido. Essa certeza a joga em um abismo profundo. Fazia alguns anos que Léna andava menos empolgada com o colégio; faltavam ímpeto e ânimo. Ela não tinha renovado as oficinas que antes gostava de organizar. Mostrava-se menos disponível, menos envolvida, sem dúvida menos atenta. Uma espécie de cansaço, conflitos repetitivos com a administração, a falta de recursos, a sensação de brigar com moinhos de vento tinham minado seu comprometimento. Ainda amava a profissão, mas consagrava a ela menos energia, menos tempo.

Seria culpa dela? Poderia ter mudado o acontecido? Qual era sua margem de manobra na tragédia que se desenrolou?

Tantas perguntas sem resposta que a destroem, que abrem nela um vazio incapaz de ser fechado. Certa noite, ela redige a carta de demissão. Não consegue mais se imaginar dando aulas, muito menos voltando ao colégio — por muito tempo, evitará até o bairro. A tragédia arruinou sua vocação. Em questão de instantes, jogou fora os vinte anos anteriores, os momentos compartilhados com os alunos e os amigos, os espetáculos, os passeios, as discussões ao redor da cafeteira, os almoços na cantina em que se reconstrói o mundo e a vida.

É preciso ir embora, se salvar. Ela precisa se afastar, dar perspectiva para a vida. Sente que um ciclo acaba de se fechar e se pergunta o que a aguarda dali para a frente. Não é uma fuga, uma decisão impensada; escreverá para as pessoas que se preocupam com ela. É uma viagem para tentar se reconstruir. Ela irá para a Índia, país que François teria adorado visitar. Alguns tentam dissuadi-la; citam a pobreza endêmica, os problemas de saneamento e a indigência, temendo que ela não aguente. Recomendam que ela suba a serra, que vá para o sul da França, para o Mediterrâneo. Léna ignora os protestos. Será apenas um mês, conclui, para apaziguá-los. Um mês terapêutico. Um mês para tentar sobreviver.

TERCEIRA PARTE
A vida depois

*"A educação não prepara para a vida:
a educação é a própria vida."*

JOHN DEWEY

Capítulo 18

*Cidade de Mahabalipuram,
distrito de Kanchipuram,
Tâmil Nadu, Índia.*

A escola acaba de abrir as portas. Na sala de aula, com o coração a mil, Léna observa as crianças sentadas à sua frente. Fica tão emocionada quanto ficou no dia seguinte a seu aniversário de 22 anos, no início da carreira, quando foi pela primeira vez à escola pela qual acabara de ser contratada. O público de agora é muito diferente e o cenário, totalmente outro. Diante dela, as crianças têm de 6 a 12 anos — em turma única, nesse primeiro ano. Tapetes novos cobrem o chão. As paredes recém-pintadas aguardam os mapas geográficos, os quadros de letras e símbolos matemáticos que os professores acabarão pendurando. Por enquanto, apenas uma mandala colorida decora a parede do fundo. Na da frente, reina uma lousa imaculada. Entre os alunos está Lalita. Ela está linda, com seus olhos pretos e o cabelo trançado, usando o uniforme que parece vestir com tanto orgulho. Assim como os colegas, ela olha fixamente para Léna, que se apresenta ao pequeno grupo:

ela é diretora da escola e professora de inglês. Em seguida, Kumar toma a palavra: ele será o professor principal durante o ano inteiro. Enfim surge Preeti, que a maioria já conhece. Ela será responsável pelas aulas de educação física, e os treinará em esportes de combate.

Os alunos fitam os três sem fazer barulho. A maioria parece assustada. O mais novo do grupo, Sedhu, faz uma cara de pavor absoluto. Ele se instalou perto da porta e treme quando Léna vai fechá-la. Parece temer alguma ameaça invisível prestes a acometê-lo, parece desejar poder fugir a qualquer instante. Compreensiva, Léna decide deixar a porta aberta, pelo menos naquele primeiro dia. Nenhuma daquelas crianças frequentou a escola antes, nem mesmo seus pais o fizeram. Ela não tem ideia do que eles ouviram falar, do que lhes contaram. Sabe que, na Índia, é comum que os professores batam nos alunos — sobretudo os das classes mais baixas. Para tranquilizá-los, ela explica que ali ninguém vai apanhar. As crianças a escutam, um pouco incrédulas, um pouco impressionadas.

No dia seguinte, a cena se repete. Impossível fechar a porta sem causar pânico em Sedhu. Após alguns dias, Léna reúne as famílias no pátio, debaixo da figueira. Conta que algumas crianças estão apavoradas e explica que não é possível trabalhar desse jeito. Os alunos precisam entender que, na escola, não serão maltratados. Todos parecem surpresos. A mãe de Sedhu, uma mulher que mal passou dos 20 anos, mas já tem quatro filhos pequenos, toma a palavra para protestar: Léna não conseguirá nada das crianças sem castigo físico, afirma. É preciso bater nelas para que obedeçam. *Tem que dar umas palmadas!*, insiste. Ela dá mais do que o aval; dá sua bênção para espancar Sedhu. Os outros concordam, reforçam a fala. Léna pede silêncio antes de declarar, com a voz firme: no país dela, não se bate nos alunos. Há outros métodos de ensino. Em vinte anos de carreira, ela nunca levantou a mão para ninguém, e não tem a menor intenção de começar agora. Cética, a mãe de Sedhu funga ruidosamente antes de chamar de uma vez as cabras e as crianças, dispersas pelo pátio. *Faça o que quiser*, conclui, ao ir embora. *Mas não vai dar certo.*

Léna fica sem palavras. Ela não pode culpar esses pais, também herdeiros de uma educação baseada no medo e na agressão. Bater em uma criança leva apenas um segundo, ganhar sua confiança demora muito mais. Ela sabe que deve ter paciência para conquistar o menino e seus colegas, instaurar um diálogo baseado em respeito e reciprocidade. A porta da sala ficará aberta pelo tempo necessário — mesmo que, vez ou outra, um vira-lata apareça em busca de algum resto de comida. Certo dia, Sedhu se levantará sozinho, no meio de uma aula de inglês, para fechar a porta. Léna não dirá nada, não fará comentário algum, mas saberá que conquistou uma vitória, que então seus alunos sabem que estão seguros com ela. Essa porta fechada será o sinal de confiança, a confirmação de que a escola oferece mais do que uma educação, mas também um refúgio de calma e paz, protegido do mundo violento.

Convencer os pais será mais difícil. Não é fácil desemaranhar hábitos tão profundamente enraizados. Léna se dedicará, dia após dia, com perseverança e empenho. Cada pancada evitada é um passo, pensa. Um passo mínimo, mas essencial.

Kumar logo encontra seu lugar trabalhando com as crianças. É difícil acreditar que ele nunca deu aulas: ao vê-lo andar pela sala, parece até que nasceu fazendo isso. Após a apreensão dos primeiros dias, os estudantes logo entendem que ele não será seu inimigo, mas seu aliado. Apesar da juventude, Kumar sabe impor respeito, mantendo-se sempre gentil. Nunca aumenta o tom de voz e se mostra paciente e pedagógico.

Ele chega cedo todo dia, invariavelmente carregando a valise cheia de livros e cadernos, e fica até tarde depois da aula, corrigindo exercícios e preparando a lição do dia seguinte. Pela janela entreaberta, às vezes observa o treino da brigada debaixo da figueira, no fim da tarde, intrigado pelo balé das garotas que repetem cem vezes os mesmos movimentos sob o olhar exigente de Preeti.

A chefe, por sua vez, não dá a ele a menor atenção. Limita-se a cumprimentá-lo com frieza; parece até que tenta evitá-lo. Léna sabe que Preeti se ressente dela por ter ignorado sua desconfiança — mas, honestamente, ela não se arrepende da decisão. Kumar é competente e, ao mesmo tempo, querido pelas crianças. Não é raro vê-las aglomeradas ao redor dele no pátio, mostrando uma brincadeira ou uma piada nova.

* * *

Ao contrário de Preeti, há garotas da brigada que não são indiferentes ao charme do professor. Kumar é esbelto, bem-apessoado. Tem traços finos, olhos pretos, barba curta bem aparada. É discreto, cortês e culto. Quando se demora na escola, as tenentes ficam estranhamente desconcentradas; riem, trocam piadinhas, interrompem o aquecimento para falar com ele, o que sempre exaspera Preeti.

Léna observa a jovem chefe e acha graça. Ela parece uma cobra, pronta para dar o bote. Será que um dia alguém conseguirá domar aquele temperamento feroz? Preeti costuma dizer que ainda está para nascer o homem capaz de fisgá-la. Com quase 22 anos, ainda é solteira, uma situação excepcional na região, onde as garotas costumam se casar antes de atingir a maioridade. Não importa, pois Preeti nem quer ouvir falar de matrimônio. Ela não escapou do jugo dos pais para se submeter ao de um marido, afirma. É independente e livre, e assim pretende continuar. Entretanto, Léna juraria que, apesar do discurso, ela quer apenas ser surpreendida e desafiada.

No seio da escolinha, Léna descobre a vida em comunidade. As crianças e as respectivas famílias vêm solicitá-la sem hesitação, aparecendo a qualquer hora em sua casinha. Ela entende que precisará instalar fechadura e chave no cômodo; ali, as portas não vêm com trinco. Não que ela tema um roubo ou invasão, mas precisa de calma e um pouco de tranquilidade depois dos longos dias de trabalho. Algumas crianças chegam cedinho, na esperança de conseguir qualquer café da manhã — na casa delas, só se come uma refeição por dia, invariavelmente um *dhal* de lentilha, muitas vezes ralo. Enquanto espera o almoço preparado por Radha, uma moça do vilarejo recrutada para cuidar da cantina, Léna serve *chai* e um pouco de *idlis* aos primeiros que chegam. Até aprendeu a assar *chapatis* no *chulha** que mandou instalar. *Eles precisam ficar perfeitamente circulares*, explicou Radha — a qualidade do *chapati* é medida pela redondeza. *Não pergunte por quê, é assim que é*, acrescenta a moça. *Aqui, não se deve procurar a razão das coisas*, costuma dizer Preeti.

Na hora do almoço, os alunos se instalam no pátio, debaixo da árvore. Sentam-se no chão, como todos fazem por ali, e compartilham travessas grandes de arroz, *sambar* e *dhal*, acompanhados de *nans* ou *dhosas*, que devoram com apetite. Também recebem frutas, que alguns levam para casa. Léna fica feliz de vê-los comer assim. Sabe que quase metade das crianças indianas sofre de desnutrição. Mas seus alunos andam de barriga cheia, um fato que a alegra.

Na cantina improvisada, todos põem a mão na massa. Lalita é sempre a primeira a ajudar. Ela é excepcional em limpar copos e pratos, treinada pelos anos de experiência no *dhaba*.

A menina parece gostar do novo ambiente. Mostra-se ativa, dedicada e animada. No recreio, se dá bem com os outros. Seu silêncio não a impede de se comunicar, nem de brincar com o grupo. Ela logo arranja uma amiga, uma

---
* Forno a lenha tradicional indiano.

menina chamada Janaki. De mesma idade e mesmo porte, a ponto de parecerem irmãs, as duas se tornam inseparáveis. Sentam-se lado a lado na sala de aula, compartilham livros e cadernos, se ajudam quando uma fica empacada em um exercício. Elas se entendem sem falar, por meio de gestos e sinais. Léna fica feliz de ver sua protegida estabelecer vínculos de amizade e se integrar ao grupo em formação. Lalita não deixa de se divertir. Ela até se mostra temível nas encapetadas partidas de *kho kho** que Preeti organiza entre os alunos.

Léna, para a própria surpresa, ama aquela bagunça, aquela agitação permanente, aquela ebulição de movimentos e barulhos que nunca dão trégua. *A Índia é o caos*, repete Preeti, e Léna percebe que é verdade. Ela foi até lá em busca de exílio e silêncio, e encontrou o oposto do que esperava. Naquele vilarejo, a vida lhe oferece uma segunda chance. Entre as paredes da escolinha, começa uma nova era.

---

* Brincadeira de pique-pega em equipe.

Capítulo 19

Passado o primeiro mês, já há alunos perdendo a chamada. Está nítido que nem todos compreenderam que sua presença era exigida diariamente. Alguns ficam em casa para cuidar de alguma tarefa, outros são mandados para a casa de uma tia com o objetivo de ajudar depois do nascimento de um bebê, e há, ainda, os que pastoreiam um rebanho de cabras. Léna entende que será preciso se adaptar ao cotidiano do vilarejo, onde a educação não é uma prioridade. Com muita insistência, talvez consiga fazer as pessoas compreenderem a importância da regularidade do estudo.

Janaki, a melhor amiga de Lalita, que parece igualmente motivada, falta por cinco dias seguidos. Quando volta, Léna pergunta sobre o motivo de sua ausência, mas a adolescente parece envergonhada. Léna lembra a ela que o estudo na escola é como o cultivo do arroz que cresce ali perto: exige assiduidade, atenção e esforço contínuo o ano inteiro.

* * *

O incidente se repete no mês seguinte. Janaki não aparece durante toda a semana. Ao ser questionada, fica vermelha como uma *naga jolokia*, considerada uma das pimentas mais fortes do mundo e amplamente usada na culinária indiana para destacar o sabor dos pratos. *Não posso falar*, acaba murmurando, como se carregasse o segredo mais inadmissível. Perplexa, Léna ameaça visitar sua família para tratar do problema. Na França, ela escreveria um bilhete na agenda, mas os pais de Janaki não sabem ler. A menina começa a chorar. Léna não quer atormentá-la, mas precisa entender o que está acontecendo: não é possível ajudar se ela ficar calada. Léna leva Janaki até os próprios aposentos e prepara um chá para acalmá-la. Por fim, mais tranquila, a menina aceita se abrir. Ela baixa o olhar, envergonhada, e explica: *É por causa do pano.*

Léna não entende. Do que exatamente ela está falando? Um pano que roubaram dela? Uma tarefa que a mãe pede que ela cumpra? A menina abana a cabeça e esconde o rosto nas mãos, incapaz de dizer qualquer outra coisa. Não adianta insistir. Léna acaba por deixá-la ir embora.

No fim do dia, ela bate na porta de Preeti, que se prepara para a patrulha da noite. De uniforme vermelho e preto, a jovem chefe se alonga. Quando Léna, curiosa, menciona o pano misterioso, Preeti solta uma gargalhada constrangida. *É o que as mulheres fazem aqui*, admite, por fim, *quando estão indispostas*. Nos vilarejos, elas não têm recursos para comprar absorventes. A maioria nunca nem ouviu falar disso; outras sabem da existência por causa das propagandas, mas não têm como comprá-los, então recorrem a panos que recolhem por aí, roupas que ficaram pequenas ou retalhos velhos, que jogam fora depois de usar.

Na Índia, a menstruação é um tabu, explica; as meninas não falam disso com a mãe nem com as amigas. Na escola, é um problema sério: trocar de pano é delicado. No campo, as escolas não têm banheiro; as meninas precisam se afastar e se esconder na mata para fazer o procedimento. Elas têm vergonha e medo de ser descobertas, até agredidas. Muitas se desanimam e preferem ficar em casa. Várias param de estudar por esse motivo.

Léna fica pasmada. Nunca imaginaria que uma realidade tão trivial tivesse tamanho impacto na educação das meninas. Finalmente, entende a reação de Janaki.

Ela passa a noite inquieta. Não pode deixar as alunas perderem a oportunidade de instrução que receberam. Além disso, o pano é também uma questão sanitária: ao usarem pedaços de tecido velho, as mulheres se expõem a infecções e doenças.

Léna decide organizar uma reunião com as meninas mais velhas da turma, certa tarde, para tratar do problema. Preeti demonstra dúvida quanto à iniciativa: teme que as alunas não apareçam, constrangidas demais para abordar o tema. Léna insiste: o papel da escola não se limita ao ensino da leitura, da matemática ou do inglês. Educar também é informar, prevenir, falar de higiene e saúde. É preciso abrir os olhos dessas adolescentes para os perigos que elas correm, responder a perguntas que elas nunca ousaram pronunciar.

* * *

São apenas quatro ou cinco garotas ali naquele entardecer, sentadas sob a árvore do pátio. Léna conseguiu convencer Janaki e Lalita — as mais velhas da turma —, assim como duas ou três colegas. Durante a pequena reunião, ela relembra regras elementares de higiene: é fundamental que o pano esteja limpo, cuidadosamente lavado, antes de ser usado. Do contrário, menciona os riscos que elas correm. Na véspera, ela foi até o supermercado da cidade vizinha comprar absorventes descartáveis, que entrega às meninas. Elas os observam, vermelhas, curiosas e incomodadas. Uma admite que já viu um desses na farmácia, mas que não tinha dinheiro para comprar — na família dela, mal se come. Léna se oferece para fornecer aquilo de que elas precisam, e faz com que prometam não faltar mais às aulas nos dias de indisposição.

As meninas vão embora já de noite, e têm o cuidado de esconder debaixo do uniforme os absorventes que Léna distribuiu. Vendo-as se afastarem assim, cautelosas e envergonhadas, Léna sente como se participasse de um tráfico ilegal, proibido ou perigoso. Ali, a vida das mulheres é uma corrida de obstáculos que se renova todo mês. E às vezes basta um simples pedaço de algodão para oferecer um pouco de liberdade.

Capítulo 20

Certa noite, após a aula, enquanto Léna está terminando de corrigir os deveres de inglês, Janaki bate à sua porta. Ela parece febril, atormentada. Imaginando que veio perguntar pela nota, Léna logo a tranquiliza: seu exercício está excelente. No entanto, é outra preocupação que ocupa a mente da adolescente. Na véspera, ela entreouviu uma conversa dos pais: eles planejam casá-la. O homem a quem a prometeram é um primo distante, que mora a mais de cem quilômetros dali, e que ela sequer conhece... Janaki passou a noite chorando. Não quer deixar para trás a família nem as amigas. E se recusa a parar de estudar: ela ama a escola e sonha em virar médica ou policial.

Para Léna, é um baque violento. Ela sabe que o casamento precoce é uma prática comum ali, mas não estava preparada para enfrentar a realidade tão cedo. Preeti contou a ela sobre essas uniões forçadas, das quais ela própria fugiu. Às vezes, as meninas ainda têm apenas 10, 12 anos, como Janaki. Algumas ainda brincam de boneca. A chegada da puberdade marca uma mudança brutal: sem transição, elas passam de meninas a mulheres. Nas regiões pobres e rurais, os pais se apressam para casá-las, vendo nisso uma oportunidade de aliviar o fardo que carregam. A lei determina a maioridade como idade legal para o casamento, mas, nos vilarejos, ela nunca é respeitada. Depois da cerimônia, a noiva abandona a própria família e se instala com a do marido, de quem se torna propriedade. Submetida à autoridade da sogra, é obrigada a obedecê-la e a cuidar da casa dia e noite — uma existência sem horizonte, sem aspiração pessoal. No melhor dos casos, ela é bem tratada e respeitada. No pior, espancada, ofendida, às vezes até estuprada pelos outros homens do clã. Quando não satisfaz, a moça se vê exposta a castigos horríveis: algumas são desfiguradas com ácido; outras, aspergidas de gasolina e queimadas. Um destino que apavora milhões de meninas pelo país inteiro.

Transtornada, Léna se esforça para não mostrar preocupação a Janaki; promete conversar com os pais da menina, os quais Léna já conhece bem. Eles moram ao lado da escola, com os cinco filhos, em uma casinha de reboco de esterco. No começo do ano, ela lutou para convencê-los a educar as duas filhas mais velhas. *Dou a você Janaki, mas vou ficar com a outra*, disse a mãe, indicando as filhas. *Ela precisa cuidar dos menores enquanto eu trabalho*. Léna tentou de tudo para mudar a opinião dela, mas sem sucesso. A promessa do arroz e das refeições gratuitas não bastou. Com dor na alma, ela prometeu a si mesma que tentaria de novo no ano seguinte.

É uma das famílias mais pobres do vilarejo. O pai trabalha em uma fábrica de tijolos, enquanto a mãe enrola *beedies* o dia inteiro: mil cigarros por dia para ganhar o equivalente a um euro, sete dias por semana, o ano todo. O trabalho começa ao amanhecer e só acaba à noite. Não é raro que as crianças se revezem com ela para cumprir a meta do dia. Ela não pode fraquejar, pois corre o risco de não ser paga. Passa o tempo todo sentada, no chão mesmo, apesar das dores nas costas. Há noites em que a mulher sofre tanto que nem consegue dormir. Contudo, assim que amanhece, precisa voltar ao trabalho. Desde que se mudou para lá, Léna conheceu a devastação causada por aquela indústria, cuja mão de obra é composta sobretudo por mulheres e crianças. Inspirando poeira tóxica, elas desenvolvem doenças respiratórias ou problemas de pele e envelhecem prematuramente. Entretanto, o comércio desses cigarros nocivos está longe de ter fim. Recentemente, o governo indiano proibiu o cigarro eletrônico, e muitos jovens retomaram o uso desse produto local e barato.

De manhã, Léna reúne Kumar e Preeti: precisa de conselhos. Será uma conversa difícil, os pais de Janaki não abrirão mão do plano com facilidade. Ela conhece o peso da tradição: para a maioria dos indianos, casar os filhos é um dever. O casamento representa muito mais do que uma simples cerimônia: é o cimento da vida social, o evento mais importante da vida — mesmo que não tenha sido uma decisão nem uma escolha dos envolvidos. O amor não entra na equação, o "casamento por amor" é uma fantasia, um conceito abstrato, reservado aos estrangeiros. Quase todas as uniões ali são arranjadas pelas famílias, sejam elas das classes mais pobres ou mais abastadas. Estão todas dispostas a gastar suas economias, a se endividar, para comemorar o matrimônio dos descendentes. Isso sem falar no dote da noiva, motivo de verdadeira negociação entre as partes.

É preciso negociar um atraso, afirma Kumar, *e convencer os pais de Janaki a esperarem a maioridade. Isso não os impede de noivá-la, se assim quiserem, mas, pelo menos, ela ficará em casa até o casamento e poderá continuar os estudos.* Ele acrescenta que, sendo maior de idade, a moça terá a possibilidade de se opor à união — mas isso, é claro, é melhor não mencionar...

Preeti não compartilha dessa opinião e se mostra menos conciliadora. *Temos que intimá-los!*, dispara. Ali, todos conhecem a situação da família; Janaki contou que às vezes precisa se contentar em beber a água do cozimento do arroz dos vizinhos como jantar. Não é raro que Radha, a responsável pela cantina, lhe dê *chapatis*, lentilhas e frutas para levar para casa. A ameaça de interromper esse fornecimento seria um argumento de peso, que, certamente, mudaria a decisão da família.

Kumar discorda, o método não o agrada. *As crianças são as primeiras vítimas da chantagem!*, protesta. Quando os colegas começam a discutir mais acaloradamente sobre a estratégia, Léna interrompe: eles seguirão o primeiro caminho, mais diplomático, e irão os três à reunião.

Ao vê-los chegar, os pais de Janaki se surpreendem: não esperavam visita. Dizem sentir vergonha por não terem nada a oferecer — não têm condições de comprar nem as especiarias nem o leite para fazer o *chai* que se costuma oferecer às visitas. Ainda assim, querendo oferecer algo para beber, o pai manda a filha mais nova buscar água no poço vizinho. Léna protesta, mas ele insiste.

Léna, Kumar e Preeti são convidados a se sentar em um tapete trançado, enquanto a mãe volta a trabalhar. Pegando um pouco de fumo seco em um montinho a seus pés, ela o enrola em uma folha de ébano numa velocidade surreal. Léna observa seus gestos, fascinada. Ela provavelmente poderia trabalhar de olhos fechados; as mãos parecem funcionar de maneira independente do resto do corpo. Os dedos se mexem sem parar, retorcidos por anos de extenuação diária. Ao contemplar seu rosto, é difícil determinar a idade dela — não deve ter mais de 30 anos, mas parece mais velha que isso.

Léna começa a conversa com elogios ao desempenho de Janaki: *Ela é séria*, diz, *uma das melhores da turma*. O pai parece satisfeito com os comentários lisonjeiros, mas a mãe os ignora: *Janaki não sabe cozinhar e se recusa a aprender!*, reclama. *Como é que ela vai fazer quando se casar?! Por causa dos deveres de casa, ela não tem tempo para lavar roupa nem fazer faxina, e deixa tudo na mão da irmã.* Sentada junto a eles, Janaki olha para baixo. Léna imagina a culpa que deve invadi-la e corroê-la por dentro. Essa menina carrega um fardo que nenhuma criança deveria suportar, pensa.

Kumar, então, entra no assunto: eles souberam da intenção da família de casar Janaki, e vieram pedir que adiem o plano. *Ela tira notas excelentes*, argumenta, *e seria uma pena interromper sua escolarização: ela poderia obter um diploma, encontrar um bom emprego, ganhar um salário de verdade… Ajudar a família inteira.* Os pais hesitam. Até que a mãe abana a cabeça e responde: *Aqui,* diz, *as meninas casam aos 12 anos, é sempre assim. Os avós de Janaki estão ficando velhos e querem ver seu casamento, ela precisa obedecer, respeitar a vontade deles.*

Até então reservada, Preeti bota as mangas de fora. Com o ardor que a caracteriza, ela perde a paciência: *E os anciões conhecem o risco da gravidez ou do parto para uma criança de 12 anos?! Já se perguntaram se preferem ir ao casamento ou ao enterro dela?!*

Ela sobe o tom. A mãe de Janaki se empertiga, furiosa: *Eu botei cinco crianças no mundo e não morri!*, declara. *Minha filha não é mais frágil do que eu!* O pai, por sua vez, fica visivelmente contrariado com a intervenção de Preeti. Quem ela pensa que é para falar assim?! Uma mulher ainda solteira, naquela idade, que mora sozinha e briga com homens! Que monta na lambreta sem o menor pudor! Todos no vilarejo falam dela, reprovam seu comportamento…
Preeti explode: não vai engolir desaforos! Ela se levanta bruscamente para desafiá-lo. Antes que cheguem às vias de fato e a situação degringole por inteiro, Kumar a arrasta para fora da casa.

Ainda lá dentro, Léna tenta retomar o diálogo, mas o pai se fechou. Não há motivo para adiar a união, insiste ele: os astros são favoráveis, já consultaram um *sâdhu*.[*] A decisão está tomada: dali a menos de um mês, Janaki se casará.

---

[*] Asceta hindu, que escolhe abrir mão dos bens materiais para se consagrar à busca espiritual.

Capítulo 21

Léna, Preeti e Kumar voltam à escola, abatidos. A tentativa de negociação foi um completo fracasso. A jovem chefe, especialmente, parece devastada. De maxilar travado, não diz uma palavra, e se tranca em sua moradia até cair a noite.

É tarde quando ela sai e bate na porta de Léna. Quer contar o que aconteceu com a irmã mais velha, tempos atrás. Casada aos 13 anos, ela faleceu no parto do primeiro filho. O bebê tampouco sobreviveu. Sua família, impotente, assistiu à agonia da garota, cujo velório ocorreu exatamente um ano após o casamento. A coincidência não escapa àqueles que condenam esses casamentos precoces e forçados.

Preeti pensa na irmã com frequência: foi por ela que teve forças para se rebelar e fugir quando os pais fizeram menção de casá-la com seu agressor. Ela jurou que jamais se casaria. Não importa a opinião do povo do vilarejo, que reprova a solteirice e a trata como pária. Ela prefere viver assim: sua liberdade não tem preço.

* * *

Preeti vitupera contra esses homens e mulheres que mentem para as filhas, dizendo a elas que o dia do casamento será o mais bonito de sua vida. Que receberão roupas lindas, joias e maquiagem. Elas fantasiam com o mundo maravilhoso que as aguarda, submetendo-se, dóceis, a aprender as tarefas domésticas pelas quais serão responsáveis. Que decepcionante, então, descobrir uma realidade totalmente diferente: servidão absoluta, pelo resto da vida, ao homem com quem se casaram e à família dele.

São irreais os casamentos suntuosos de Bollywood transmitidos na televisão, que alimentam tantos sonhos: vemos o noivo, jovem e bonito, chegar em um cavalo branco diante de sua prometida, radiante e toda paramentada. Seguindo um costume ancestral, eles trocam colares de flores; a moça então amarra uma faixa do vestido na echarpe do noivo, e eles dão sete voltas, juntos, ao redor de uma fogueira. O nó simboliza sua união: deve ser apertado, para que o casal passe a vida inteira junto. Para muitas mulheres, diz Preeti, é apenas um freio, um bridão, que as amordaça e submete.

Léna entende que é esse o verdadeiro inimigo, nos lares desse vilarejo tão apegado à tradição. Ela achava que a miséria seria o primeiro obstáculo a ultrapassar, mas estava enganada. Por mais infelizes que sejam, os moradores da região não estão dispostos a renunciar aos costumes que herdaram. Entretanto, está provado que a prática do casamento infantil mantém o ciclo da pobreza. Casadas tão jovens, as mulheres acabam tendo muitos filhos e, consequentemente, dificuldade de alimentá-los. A falta de educação limita não apenas sua perspectiva de evolução, como também a das crianças. Léna sabe bem: *educar uma mulher é educar uma nação inteira*, como afirma um provérbio africano. As garotas com quem convive não terão nenhuma outra oportunidade de se educar: a escola é a única escapatória possível da prisão invisível na qual a sociedade deseja trancafiá-las.

Léna terá que lutar contra essas correntes. Será preciso enfrentar os perigos, opor-se aos adversários com toda a sua inteligência e a sua determinação. O combate promete ser demorado. Em um texto do Grande Marajá, ela destacou a seguinte frase: "O desconhecido não tem limites. Atribuam-se tarefas aparentemente impossíveis. É esse o caminho!" O caminho está ali, diante dela, sinuoso e incerto. Ela percebe a ambição desmedida da empreitada, mas não tem mais como recuar; está envolvida demais para dar marcha a ré. Ela lutará por todas as Janakis e Lalitas do mundo, e provará ao povo do vilarejo que é possível pensar de outra forma. Seus alunos sairão com diplomas da escolinha, promete a si mesma. E abrirão caminho para os outros, levarão consigo os irmãos, as irmãs e, mais tarde, os próprios filhos.

Ela já escuta ao pé do ouvido a voz sibilante dos críticos: eles dirão que seu olhar é enviesado, carregado dos preconceitos ocidentais sobre um mundo que lhe é estrangeiro. Que ela não tem o menor direito de condenar costumes que não entende. Que ela se apresenta como juíza, censora, em um país que sequer é o seu. Mas Léna não se importa com as críticas. Esses argumentos não se sustentam diante das lágrimas de uma criança de 10 anos forçada a se casar. Seja indiano ou francês, erudito ou analfabeto, conhecedor ou não da cultura do país, quem já viu uma menininha chorar no dia do casamento ficou de coração partido.

Infelizmente, Léna não demora a confirmar essa declaração. Poucas semanas depois, uma grande festa é organizada no vilarejo para comemorar o casamento de Janaki. Léna é convidada, Kumar também — ao contrário de Preeti. Os colegas da menina também são convidados — por pedido dela —, inclusive Lalita, sua melhor amiga.

Léna fica devastada. Após a altercação, ela voltou a conversar com a família, tentou de tudo, ousou fazer todo tipo de proposta: arroz, frutas, auxílios mais substanciais — em vão. Os pais de Janaki se mantiveram inflexíveis. A garota está prestes a se casar com um primo, seguindo a vontade dos avós. Ali, os casamentos intrafamiliares ainda são prática difundida: mantêm a paz nos clãs e reforçam os vínculos, oferecendo a garantia ilusória de que um casamento na mesma linhagem não trará complicações nem brigas. Não é excepcional ver uma sobrinha se casar com o tio. Acontece até de uma criança de 2 anos se casar com um bebê de alguns meses para cumprir o desejo de um avô ou uma avó doente, que devem ser honrados.

Léna anunciou que não iria à cerimônia. Recusa-se a testemunhar tal espetáculo. De Janaki, quer guardar a imagem de uma criança alegre e despreocupada, brincando no pátio com os colegas. Não de uma menina maquiada, cheia de joias e pulseiras, preparada como um touro levado à arena para o sacrifício.

Um embrulho deixado em sua porta pela manhã a faz mudar de ideia. Léna abre e, surpresa, encontra o uniforme escolar de Janaki. A menina dobrou a roupa com cuidado e a guardou em um saco de papel. Um recado acompanha o pacote: em uma folha arrancada do caderno, Janaki rabiscou algumas palavras, aprendidas na aula de inglês. Ela sabe que não voltará a ver Léna, e quer agradecer. Agradecer pela escola, por ter lutado por ela. Pelo absorvente e pelas frutas. Pela matemática, pelo inglês, pela história e pela geografia. Ao lado, Janaki fez um desenho, um retrato dela debaixo da árvore, de uniforme, no primeiro dia de aula.

Léna sente a emoção afogá-la. Tem vontade de berrar que tudo aquilo é um roubo: de alegria, de inocência, de futuro, de talento e inteligência. Vem a ela como um tapa uma frase de Prévert: "As crianças têm tudo, exceto o que delas tiramos." O que tiram de Janaki nesse dia se perderá na eternidade.

Às pressas, Léna se arruma e se dirige à praça onde a festa já está acontecendo: tem de estar ao lado da aluna nesse dia, não pode abandoná-la. Ela se surpreende ao ver tanta gente ali, parece que metade do bairro foi convidada. Que paradoxo perturbador, pensa. Essa família, que não conseguia sequer comprar chá, se endividou enormemente para alimentar os muitos convidados durante o dia inteiro. Os pais de Janaki compraram até carne, um produto caro, que alguns dos filhos certamente nunca tiveram a oportunidade de provar.

Que desperdício, que tristeza, pensa, diante do júbilo dos convivas. Ela abre caminho até a casinha onde Janaki espera o encontro com o prometido. A menina nunca o viu. Sabe apenas que é mais velho que ela: tem 21 anos, pelo que lhe disseram. Entretanto, ele também não teve escolha, ninguém pediu a opinião dele.

Léna encontra a menina aos prantos. Ela foi penteada, arrumada com uma tiara e um sári vermelho e dourado, como dita a tradição, e véus compridos que vão até os pés. Soluça em silêncio. As lágrimas borraram a maquiagem espalhafatosa e exagerada com que a enfeitaram e que cai tão mal em seus traços juvenis. É um insulto, um ultraje, um atentado à infância. Lalita está a seu lado, e parece compartilhar sua tristeza. As amigas não voltarão a se ver. Após a cerimônia, Janaki sairá do vilarejo para morar com o marido, a uns cem quilômetros dali. Ninguém sabe quando poderá voltar. Quem decide isso é a família do esposo.

Nessa noite, a adolescente será levada ao quarto nupcial, preparado para a ocasião, e cujas janelas ficarão entreabertas a noite inteira, para que as mulheres do clã possam vir verificar, de tempos em tempos, se o casamento foi devidamente consumado.

Léna não encontra palavras para consolar Janaki. Diante de tamanha tristeza, sente-se desarmada. Ela entrega um presentinho, um livro em inglês. Promete que enviará outros, para que ela continue a aprender, a enriquecer o vocabulário. A adolescente abana a cabeça, desanimada. *As meninas que leem viram esposas ruins,* disse a sogra, acrescentando que não haveria tempo para esse tipo de futilidade: há trabalho à espera dela nas plantações de cana-de-açúcar em que labuta o futuro marido. Além do mais, todos esperam, o mais rápido possível, o nascimento de um herdeiro.

Durante a cerimônia, Janaki não chora. Sua mãe secou cuidadosamente as lágrimas e retocou a maquiagem. Junto ao noivo, a menina ouve, com ar distraído, os votos pronunciados pelo *pandit*.* Tem o olhar vazio, resignado. Alguma coisa se apagou nela, como um resquício de infância que saiu voando.

---

* Sacerdote ou oficiador de casamento.

Capítulo 22

Uma aluna não responde à chamada, e toda a escola se vê vazia.

Na aula, ninguém está com a cabeça ali. Durante a chamada, Léna contempla o nome de Janaki, sem coragem de apagá-lo. Ela se pergunta, angustiada, quem será a próxima da lista, qual daquelas estudantes voltará para casa um dia e descobrirá à sua espera um belo vestido, lindas joias e um futuro marido? São vinte e cinco mil meninas casadas à força todos os dias no mundo, ela leu certa vez. Um número abstrato no papel, que hoje ela vê encarnado. Agora, todas essas meninas têm um rosto, o rosto de Janaki.

Léna não consegue deixar de pensar em Lalita. A menina fará 12 anos nos próximos meses; é, agora, a mais velha da turma. A criança que brincava de pipa na praia está mudando, virando adolescente. Essa perspectiva perturba Léna. Ela se tranquiliza, repetindo que James não pode se privar do subsídio que ela lhe dá para remunerar Prakash, o novo funcionário do *dhaba*. Esse acordo o torna dependente de Léna — e protege Lalita, pensa.

Desde a partida da amiga, a menina se fechou. Lalita fica no canto do tapete, desanimada, perto do lugar de Janaki, agora vazio. Durante o recreio, não participa mais das brincadeiras dos colegas, como fazia antes. Fica afastada, emparedada pelo silêncio que ninguém consegue atravessar, nem mesmo Léna, que atribui essa mudança de atitude à tristeza da separação. Mas ela também sente que, além do luto, sua protegida parece inquieta, preocupada. Tentando se reconfortar, diz a si mesma que tudo isso é passageiro.

A vida na escola volta ao normal, apesar de tudo. Léna detesta a impotência que a invade, mas sabe que seu espaço de ação é limitado. Ela não pode mudar o mundo, e deve aceitá-lo. Seu poder está restrito à sala de aula, enclave insignificante, pobre bastião em meio àquele vilarejo tão apegado à tradição. "Não alcançamos o impossível, mas ele nos serve de lanterna", escreveu René Char. Léna tenta se agarrar a essa ideia, a essa pequena luz que desejou acender. Um lampião minúsculo, que nesse dia míngua, mas que no seguinte, espera, recuperará o ardor e a vivacidade. É preciso continuar, não se deixar abater, retomar a luta, em nome das crianças que a aguardam toda manhã. Para elas, Léna quer acreditar e esperar que alguma coisa acabará mudando.

De modo a animar o moral das tropas, ela propõe a Kumar e Preeti uma excursão: os alunos precisam tomar ar fresco, desanuviar um pouco o clima depois do acontecido. Eles não têm muitas oportunidades de sair do cotidiano.

Léna sugere separar algumas horas das aulas de matemática e inglês para levá-los a um piquenique à beira-mar. Com certo egoísmo, ela espera também aproveitar esse parêntese para esvaziar a própria cabeça, mudar de ares.

Os estudantes recebem a notícia com entusiasmo. Na manhã do passeio, eles se reúnem no pátio, impacientes e agitados. Radha preparou marmitas; Preeti arranjou bolas; Kumar se encarregou de levar garrafas d'água. Lalita pediu autorização para levar a pipa, e outros colegas também. Do norte ao sul do país, aqueles tetraedros de papel fazem igual sucesso, e muitas vezes são o único brinquedo que as crianças indianas têm como distração. A maioria confecciona as próprias pipas, com folhas de jornal ou panfletos velhos. Nos vilarejos, elas sobem no telhado de casa para empinar pipa ainda mais alto. Às vezes, caem e quebram os ossos. Léna logo aprenderá que os mais espevitados e experientes quebram lâmpadas velhas para cobrir a linha de cerol e cortar as pipas dos adversários. Duelos terríveis são travados assim, todos os dias, nas alturas.

Nesse dia, o clima não é de rivalidade, mas de cumplicidade, de partilha. Léna vê as crianças correrem a seu redor pela praia, como elétrons livres, soltos de qualquer entrave. Elas jogam bola, empinam pipa, desafiam as ondas que vêm em seu enlace. Arrastam os professores para brincar também. Léna se pega rindo, se divertindo quando os mais novos tentam respingar água nela. Nessa bolha, desconectada do tempo, ela se sente leve pela primeira vez em muitos meses. François estava certo, pensa: pés na água, cabelos ao vento, felicidade é isso. Mesmo que dure apenas um instante.

Ela não consegue parar de pensar em Janaki, lá longe, no vilarejo do marido. Na véspera, pediu para as crianças da turma fazerem um desenho para ela; juntos, eles redigiram uma carta para manter contato, dizer que não a esqueceram. Léna espera que essas palavras a reconfortem e lhe façam companhia na nova vida: serão, afinal, as únicas amigas dela.

No fim do dia, ninguém quer voltar, mas é preciso. As crianças guardam os brinquedos e as próprias coisas, enquanto Preeti, Kumar e Léna recolhem o que restou das marmitas, em sua maioria avidamente devoradas. A pequena trupe volta pelo caminho da escola e passa pelo *dhaba* para deixar Lalita. Desde a briga com o dono do estabelecimento, Léna não voltou ao lugar; não tem mais vontade de comer ali. Tem raiva de James e Mary por seu egoísmo, sua covardia. Além disso, desconfia de que eles tiram vantagem do valor que ela lhes concedeu. Que seja. Lalita é livre para estudar, é isso que importa. O resto não interessa.

É ao passar pelo restaurante que ela vê. Lá em cima, na laje. Um garotinho de 10 anos, vestindo um conjunto de moletom. Ele circula entre as mesas, leva *chapatis* e tira os pratos. Efetua os mesmos gesto de Lalita: é o mesmo filme, com outro ator.

Léna fica paralisada. James passou a perna nela: embolsou o dinheiro e foi atrás de outro funcionário igualmente dócil e barato. O garoto evidentemente não recebe salário, deve ser apenas abrigado e alimentado. Tomada de um acesso de raiva, Léna sobe ao *dhaba*, abandonando Kumar e Preeti na rua com os alunos. Quando James a vê chegar, fora de si, defende-se da acusação de querer ludibriá-la. *Prakash estava roubando!*, alega. *Tirava dinheiro do caixa! Tive que demiti-lo!* Léna não está nem aí para a história. O mal está feito.

Preeti estava certa, pensa, abatida: cometeu um engano ao fazer aquele acordo, ao confiar no dono do restaurante. Que idiota... Achava que tinha saído vitoriosa, se parabenizou por ganhar o jogo, sendo que, na verdade, só fez condenar outra criança. Mais tarde, aprenderá que ele se chama Anbu e é filho de um primo de Mary. O homem recebeu a garantia de que o garoto não passaria fome e que aprenderia um trabalho, dois argumentos suficientes para um pai de família soterrado de dívidas e desesperado.

Ao sair do restaurante, com dor na alma, Léna nota o olhar de Lalita, de uniforme escolar, voltado para o garoto com quem tem convivido. Eles dormem no mesmo quarto na casa de James e Mary. Têm quase a mesma idade, mas não terão a mesma vida. Léna finalmente entende a angústia que parece agitar a menina há algum tempo. Seu futuro foi comprado a crédito, à custa de outra criança.

Léna se fecha no quarto essa noite, sozinha e desolada. Ver Anbu imediatamente apagou as brincadeiras na praia, as gargalhadas dos alunos, as bolas e as pipas. Em sua mente, passa apenas uma imagem: o rosto do garoto que nunca aprenderá a ler, pois terá sempre um patrão ganancioso e um pai sobrecarregado dispostos a sacrificá-lo e submetê-lo. O desafio é grande demais, pensa. Ela se sente desencorajada. Como Sísifo, empurrou a pedra até o topo da montanha, e agora a vê desabar com crueldade. A Lalita se segue Anbu. O inferno nunca acaba.

Capítulo 23

O clima entre Kumar e Preeti continua tenso. Apesar das tentativas do jovem professor de puxar conversa, a líder teima em ignorá-lo. Ela finge que o rapaz nem existe. Já Kumar parece desconcertado por essa atitude. Depois da aula, enquanto corrige os cadernos, passa longos momentos observando-a treinar a brigada. Preeti não é a moça mais bonita do mundo, mas transmite uma aura e um charme singulares. Ao cair da noite, monta na lambreta como em um corcel e dispara pelas ruas do bairro. São raras as vezes que está sem o uniforme preto e vermelho. É mais do que uma roupa, é uma segunda pele, uma identidade.

Certa noite, quando o treino chega ao fim e as garotas se preparam para uma patrulha, Kumar cria coragem e se aproxima. Ele propõe acompanhá-las. Entende de combate: faz anos que pratica *kalaripayattu*.

* * *

Preeti o encara, desconfiada. Na defensiva, como sempre, responde que não precisa da ajuda dele. A brigada é exclusivamente feminina, e assim pretende continuar. Ela acrescenta, com um toque de arrogância, que o *kalaripayattu* é apenas um hobby de gente rica, sem nenhuma utilidade em um cenário de ataque. O professor sorri, meio incrédulo, meio achando graça: o *kalari* é o ancestral das artes marciais, tendo dado origem ao kung fu e a várias outras disciplinas... Os guerreiros mais eméritos treinaram essa luta por séculos... Mas Preeti o interrompe: quando uma mulher é estuprada, chutes exagerados e saltos perigosos não são de grande ajuda, assim como as posturas do galo, do pavão ou do elefante. O *nishastrakala* que ela pratica pode até ser menos elegante, mas é mais adequado e muito mais eficiente.

Com essas palavras, ela se prepara para partir, sob o olhar decepcionado das companheiras, que acolheriam de bom grado o jovem professor. Mas ele não se deixa abalar. Nada impressionado, retruca que ela está enganada: o *kalari* ensina a atacar os pontos vitais do adversário, o pomo de Adão, a nuca, o esterno ou a base do nariz... Se ela duvidar, ele pode provar.

Preeti faz silêncio por um momento, antes de entender que a proposta é na verdade um desafio. Ao redor dela, as garotas se calaram, surpresas com a reviravolta na discussão. Preeti não demora a responder: não tem problema! Ela já enfrentou um monte de homens na vida — vários bem mais robustos do que ele.

* * *

Na sala de aula, Kumar e as garotas abrem espaço, empurrando a mesa contra a parede. Então, o professor tira a jaqueta e os sapatos, que deixa cuidadosamente no canto. Preeti, irônica, vê o movimento. Também tira o *dupatta* e a túnica, para lutar de *salwar* e camiseta. As garotas se posicionam no tapete ao redor deles, uma plateia impaciente e curiosa.

No meio da arena ali formada, Kumar e Preeti avançam. Eles se observam, avaliam um ao outro como bichos, como feras que ninguém sabe dizer qual atacará primeiro. Kumar não para de olhar Preeti. Perscruta seu rosto, atento ao menor tremor, ao menor movimento de pálpebras que anuncie a ofensiva. Como se respeitasse uma forma de galanteio, parece deixar para ela o primeiro ataque. Preeti não se faz de rogada por muito tempo e logo se lança sobre ele, como uma leoa prestes a devorar sua presa de uma só vez. Eles se agarram, se apertam em um movimento tão vigoroso e intenso que não é possível distinguir entre o corpo de um e o do outro. Kumar resiste, revida à potência de Preeti com movimentos leves e habilidosos. Ela é mais forte, mas ele se revela mais ágil. Hipnotizadas, as garotas acompanham com o olhar aquele estranho balé, que emana uma forma de sensualidade além da violência. A dança febril a que os dois se entregam poderia ser confundida com um cortejo, um acasalamento selvagem e brutal, como às vezes se vê em documentários sobre animais.

* * *

Kumar bloqueia Preeti e a derruba, sem conseguir imobilizá-la; por um breve instante, seus rostos ficam tão próximos que parecem prestes a se tocar. Preeti sente a respiração de Kumar contra sua pele. Parece perturbada, assim como ele. Aproveitando o ínfimo segundo de hesitação, ela se desvencilha bruscamente da pegada e retoma a vantagem, derrubando-o. Os dois rolam juntos pelo tapete, agarrados, entrelaçados, sem conseguir interromper o movimento. Dobrando a energia, Preeti finalmente se posiciona sobre Kumar e, em um último esforço, solta o grito da vitória.

Ao redor deles, a tropa está em êxtase. As garotas aplaudem e ovacionam. Kumar baixa a guarda: a determinação e a audácia de Preeti o dominaram. Ele leva a derrota na esportiva e está prestes a se levantar quando um urro rouco soa lá fora. Todos ficam paralisados. O que acabou de ecoar não tem nada de alegria. É um rugido apavorante, uma lamúria que parece vir de outro lugar, em que se mesclam dor e medo.

Kumar e Preeti saem correndo, seguidos das garotas. Logo, Léna se junta ao grupo. Os gritos vêm do barraco dos pais de Janaki, praticamente vizinho à escola. Na frente da casa de reboco de esterco, a mãe da adolescente berra, com a cabeça entre as mãos, como nunca ninguém a vira berrar antes. Sua voz parece sair das profundezas das entranhas, de um território íntimo e subterrâneo que acabou de ser profanado. Os vizinhos saem de casa e, impotentes, assistem à cena, enquanto o pai de Janaki, aos prantos, tenta acalmar a esposa, sob o olhar dos filhos paralisados.

* * *

Ao se aproximar, Léna sente um nó no estômago — dá para entender que uma tragédia acaba de acometer a família. Quem dá a terrível notícia é uma vizinha: Janaki foi encontrada morta numa fossa. Foi atropelada na estrada, no meio da noite, enquanto tentava fugir da casa da família do marido para voltar ao vilarejo.

Léna vacila. Kumar e Preeti avançam para segurá-la. A mãe de Janaki, nesse momento, vê os três. Começa a vociferar em sua direção frases repletas de ódio e ressentimento. É tudo culpa deles, berra. Se não tivessem semeado a revolta na cabeça da filha, Janaki ainda estaria viva! Teria aceitado o destino, como ela mesma fez, como todas as mulheres de sua linhagem fizeram! Ela os responsabiliza por essa tragédia, os condena.

Essas palavras atravessam Léna como tiros de fuzil. Preeti gostaria de retrucar, mas Kumar a interrompe com um gesto — não é hora de discórdia. Melhor deixar a família com seu luto e voltar para casa. Pelo menos dessa vez a chefe engole as palavras. Eles se viram para voltar à escola, mas Léna não se mexe. Está destruída. Precisa ficar sozinha, diz, precisa caminhar. Kumar e Preeti insistem em acompanhá-la, mas em vão. Sem opção, eles a veem se afastar pelas ruas do bairro.

Léna se refugia perto do mar. Dá as costas aos restaurantes de placas coloridas que margeiam o litoral, às lojas de artesanato e aos camelôs que tentam atrair turistas estrangeiros. Vai andando pela praia, até um canto isolado, onde nenhum barulho a incomoda. Observa à frente a extensão escura do oceano, cujos contornos se apagam na noite. O cenário não é mais o lugar tranquilo e familiar que conhece de suas inúmeras caminhadas diurnas. À noite, é um território diferente, impenetrável e muito mais preocupante.

Bastariam alguns passos, poucos passos apenas, para entrar na água e nadar até o fundo. Para se fundir lentamente aos elementos. Léna já considerou a morte muitas vezes depois da tragédia que lhe roubou François, mas nunca sentiu ter chegado assim tão perto. Na pele, sente o sopro gelado, o hálito carregado de sal; escuta o ruído da maré que poderia arrancá-la dessa margem e arrastá-la para longe. Ela não resistiria, se deixaria levar até o horizonte. E além.

A vida se sustenta por um fio, pensa. Se Lalita não a tivesse socorrido naquele dia, ela nunca teria aberto a escola. E talvez Janaki ainda estivesse viva. A mãe da garota está certa: Léna tem sua parte de responsabilidade no desaparecimento dela. Equivocou-se ao se aventurar naquele mundo, que não é o seu, equivocou-se ao tentar mudá-lo. Janaki pagou o preço da ambição de Léna.

Léna daria tudo para voltar atrás, para reverter o curso das coisas. Ela deve se anular, desaparecer, devolver o lugar que nunca deveria ter ocupado. Atravessada por esses pensamentos sombrios, deita-se na areia. *A viagem acaba aqui,* diz, *na fronteira da imensidão.* Basta fechar os olhos e esperar a maré. Ela não sente medo, está pronta. Sabe que François vai buscá-la.

É então que ela a vê. Ali, de repente, diante dela: uma mulher de pele escura, carregando um cesto. Seus olhos brilham na noite. Ela se curva e murmura palavras ao pé de seu ouvido, em uma língua que Léna não fala, mas, estranhamente, compreende. Ela diz que sua hora ainda não chegou; que sua missão não acabou; que seu caminho é repleto de obstáculos, mas que ela não deve se desviar. Léna nunca viu essa mulher, mas a conhece. Ela também vem de longe. Fez uma longa viagem para chegar ali, naquela região, onde esperava que a filha tivesse uma vida melhor. Lutou por Lalita até não poder mais. Roga por ela, de onde está, e enviou Léna para a menina. Agora, Léna não pode decepcioná-la: precisa acompanhar a menina, protegê-la. Cumprir a promessa. Honrar seu juramento.

Depois de algumas palavras murmuradas, a desconhecida se levanta e começa a se afastar. Léna quer detê-la, mas não consegue se mexer. Ela vê a silhueta desaparecer noite afora, no mesmo instante em que alguém toca seu ombro para despertá-la.

Capítulo 24

Léna abre os olhos na praia. Parece desorientada, como quem acaba de voltar de uma longa viagem, de uma estranha travessia. Debruçada sobre ela, Lalita a fita com os olhos pretos bem abertos. Léna se lembra de já ter vivido essa cena. Foi dois anos atrás, no dia em que tudo começou.

Preocupados por não a verem na escola pela manhã, Kumar e Preeti saíram à sua procura. No entanto, foi Lalita quem a encontrou, deitada na areia, exatamente no lugar onde elas se conheceram.

Ao acordar, Léna não diz nada. Não fala do sonho nem da mulher do cesto. Pelos olhos vermelhos de Lalita, supõe que ela saiba sobre o que aconteceu com Janaki. A menina esconde o rosto no peito dela e fica muito tempo ali, abraçada em Léna, chorando pela amiga.

Nas semanas seguintes, Léna vaga à deriva e afunda. Os pesadelos voltam a assombrá-la. Ela acorda tremendo, tomada de visões horríveis: o corpo de François estendido, sem vida, no meio do mar de sangue no hall do colégio. E, bem ao lado, o de Janaki. Ela tem ataques de pânico, não consegue respirar. Vai se enchendo de remédios para suportar a situação. Engana bem, mas o abismo está ali, puxando-a de volta.

Em sala de aula, não quer demonstrar nada. Como um bom soldado, dedica-se a concluir o programa de inglês, a aplicar as avaliações de fim de ano. A quermesse inicialmente organizada para abril, na época das férias, acaba cancelada — nessa circunstância, ninguém tem ânimo para diversão.

Para marcar o fim das aulas, Léna convida as famílias à escola, para mostrar o trabalho das crianças. Organizam uma exposição de desenhos. Os alunos recitam poemas, entoam cantos. Para a surpresa de todos, o pequeno Sedhu se ofereceu como voluntário para cantar. Léna sente um arrepio quando sua voz clara se ergue pelo ar. Uma voz de anjo, para conversar com outros anjos, bem acima da reunião, dos telhados do bairro. Com um nó na garganta, ela parabeniza os estudantes pelo trabalho, recomenda que continuem a ler nos dois meses de férias e os vê se afastar.

Léna não tem coragem de dizer que eles não a verão de novo no próximo ano letivo. Que ela decidiu voltar à França de vez. Preeti estava certa: ninguém foi feito para morar ali. A Índia venceu sua resistência e sua determinação. A morte de Janaki demoliu o entusiasmo, a energia e o prazer pelo ensino que ela tinha conseguido reencontrar. É verdade que ela viveu alegrias e satisfações, mas o preço é alto demais.

Ninguém sabe, nem Preeti — Léna não sabe como dar a notícia. Odeia a própria covardia, que a faz adiar o momento. O essencial é que a escola perdure, decide. Kumar e Preeti já têm experiência suficiente para tomar as rédeas e assumir as funções dela. E são mais legítimos para a posição do que ela própria — ou pelo menos tenta se convencer disso.

Além do mais, o clima entre os dois se aliviou. A atitude de Preeti mudou; ela não evita mais o colega e parece até gostar de sua companhia — o que ela nega, é claro. Léna às vezes os encontra, após a aula, testando uma pegada de *nishastrakala* ou uma postura de *kalari*. Para justificar essa guinada, a chefe argumenta que a própria Usha treina com homens: por que ela se privaria disso? Ao ver as peles se esfregando, as mãos se empunhando, as respirações se mesclando, Léna adivinha que essa luta talvez seja apenas a prévia de outro encontro, de outra dança, de outra febre à qual acabarão se entregando, quando a armadura de Preeti ceder por completo.

Na véspera da partida, ela os convida para um restaurante recomendado por uma garota da brigada — ali, não são todos que atendem *dalits*, alguns se recusam a servi-los. Léna anuncia que não voltará em julho. Precisa de descanso. É claro que continuará ajudando, aconselhando à distância. Cuidará do financiamento, garantirá o recebimento das subvenções. Estará ao lado deles quando for necessário. Kumar não sabe o que dizer: fiel à sua personalidade reservada, se cala. Preeti, por sua vez, tem dificuldade em conter a fúria. Ela encara Léna, tremendo. *Você nos arrastou até aqui e vai nos abandonar agora?*, dispara. Léna recebe a frase como um tapa. Tenta se justificar, mas acaba apenas exasperando a moça. *Na verdade, você é igual a todos os estrangeiros: veio aqui mudar de ares, aproveitou o que te interessava e vai voltar para casa! Achei que te conhecia, mas me enganei...* Com essas palavras, Preeti se levanta e aponta a saída com o dedo em riste. *Quer ir embora? Pode ir! A gente não precisa de você! Se manda! Vaza!* Ao lado dela, Kumar faz sinal para que se acalme — no restaurante, todos voltaram o olhar para eles. O patrão se prepara para intervir, mas não tem tempo: Preeti se levanta bruscamente e vai embora. Kumar corre atrás dela, deixando Léna sozinha à mesa, diante dos pratos que acabaram de chegar.

A noite toda, as palavras de Preeti giram em sua cabeça: ela sabe que a moça tem razão, que está falhando em seu projeto, em sua palavra, com essa demissão. Léna se envergonha por não ter coragem de sustentar suas ideias. Sente-se como o capitão de um navio que foge e deixa para trás a tripulação, para naufragar. Apesar do vínculo que formou com Preeti, de todos os momentos que compartilharam, Léna nunca lhe contou sobre o próprio passado. Não falou da tragédia, nem da ferida que tentou cicatrizar ali e que a morte de Janaki reabriu. Talvez por pudor, ou por orgulho. E também por negação. Preferiu calar as dores, achando que assim as manteria distantes. Sabe que já é tarde para voltar atrás, para fazer confidências.

Na véspera, ela foi dar um beijo em Lalita. Contemplou demoradamente seu rosto, a silhueta que não é mais de criança. Desde que se conheceram na praia, já se passaram cerca de dois anos. A menininha da pipa se transformou. É linda, tão linda, de olhos pretos e grandes, cabelos compridos trançados. Agora sabe escrever com fluência, em tâmil e inglês. Não larga nunca o caderno que Léna lhe deu: ele virou a ferramenta indispensável que a conecta com o mundo. Ela se comunica assim, por intermédio das palavras que escreve. Continua silenciosa, mas Léna mantém a esperança: um dia, vai recuperar a voz — é nisso que quer acreditar. Em alguns anos, ela se formará na escola e voltará para o norte do país, para ver o pai. É seu maior desejo.

Na hora de ir embora, Léna enfiou no caderno uma folha de papel dobrada em quatro. Sabia que não teria coragem de se despedir pessoalmente, então escreveu. Uma carta longa, para a garota ler e guardar. Palavras para dizer que sente muito. Que a ama como uma filha, mas não pode ficar. Que a deixa em boas mãos, com Kumar e Preeti. Que, com eles, ela está segura. E promete que elas se reencontrarão um dia.

De rosto abatido pela insônia, Léna sai de casa de manhã, a mala na mão. Ao fechar a porta, é tomada por uma impressão estranha: está saindo de casa ou voltando para casa? Não sabe mais; é uma apátrida, uma exilada, uma alma perdida entre dois mundos e que não encontrou seu lugar em parte alguma.

Chega o táxi que a levará ao aeroporto. Léna embarca, de coração apertado. Enquanto o carro a leva, ela tenta não olhar pela janela, para a silhueta da escola, que diminui rápido e logo desaparece.

Capítulo 25

Nesse mesmo dia, quando Lalita acorda no quarto minúsculo que divide com Anbu no andar de cima do *dhaba*, o sol já nasceu. O menino não está mais na cama. A garota está abatida; passou parte da noite em claro, relendo a carta de Léna. Suas palavras a mergulharam em um desânimo profundo. Ela está prestes a se enfiar debaixo da coberta outra vez quando barulhos chamam sua atenção, parecendo vir do restaurante, no térreo. Geralmente, a essa hora está tudo tranquilo; os primeiros clientes nunca chegam antes do meio-dia. Um pouco surpresa, Lalita se levanta e se veste.

Ela desce para a laje, onde reina uma agitação atípica. Com a ajuda de Anbu e de uma vizinha, Mary monta uma mesa comprida, além de um bufê. Da cozinha, escapam os cheiros de *sambar* e *biryani** já no fogo — pratos que ela não tem o hábito de preparar, pois são reservados às ocasiões importantes. Então James aparece, trazendo uma

---

* Prato à base de arroz, carne e especiarias.

quantidade de peixes impressionante, sem dúvida comprados na feira — a pesca que ele traz todo dia raramente passa de metade daquilo.

Ao vê-la aparecer em meio aos preparativos, Mary se dirige a Lalita com um sorriso doce. *Tenho uma surpresinha para você*, anuncia. Espantada com essa disposição — é raro que lhe deem tamanha atenção —, a garota a segue até um quarto, onde entra.

É lá que ela vê: um vestido vermelho e dourado, paramentado com véus. Parecido com o que Janaki usou no casamento.

No terminal de embarque pelo qual passou tantas vezes, Léna apresenta a passagem e o passaporte no guichê de check-in. Despacha a bagagem e, ao seguir para a fila comprida da segurança, seu telefone começa a tocar. É Kumar. Ela atende; o professor está agitado. *Lalita está aqui*, exclama. *Na escola! Ela fugiu da casa de James e Mary! Eles pretendem casá-la no* dhaba *hoje mesmo!*
Léna fica paralisada. *Vim buscar uns livros e a encontrei no pátio...*, continua o professor. No mesmo instante, soa no aparelho um barulho de motor, seguido de portões batendo e interjeições. Léna escuta uma respiração ofegante, passos correndo. Na linha, Kumar começa a gritar. *Eles chegaram!*, grita. *James e os primos... Vieram nos buscar! Nos trancamos na sala... Preeti saiu, não consigo falar com ela!* Léna sente o pânico aumentar. *Alô? Kumar?!* O professor parou de responder. Próximo a ele, Léna escuta

um tumulto, o eco de socos na porta, o estardalhaço de vidro quebrado... Só pode imaginar a cena, impotente e apavorada.

É aí que soa. Um grito, em uma voz que Léna nunca escutou, mas que ainda assim reconhece, no mesmo instante. Não há palavra nem frase, apenas um berro que rompe anos de silêncio, de submissão, de renúncia. O som atravessa Léna. Esse grito, ela entende, é de Lalita.

Esquecendo a bagagem que acaba de despachar e o avião que a levaria à França, Léna começa a voltar pela fila de passageiros, alguns dos quais a xingam furiosamente, e sai do aeroporto correndo.

No táxi que a leva de volta ao vilarejo, tenta ligar para Preeti. A chefe não atende. Depois de três tentativas, ela por fim atende. Está bem no meio de uma manifestação, murmura, com as garotas da brigada... Léna não a deixa continuar: conta sobre Kumar e Lalita trancados na escola, suplica que ela vá ao socorro deles o mais rápido possível e diz que ela própria está a caminho. Reagindo com agilidade, Preeti promete correr.

No trajeto que a leva de volta a Mahabalipuram, Léna se repreende por ter abandonado a fortaleza. James deve ter planejado tudo aquilo por muito tempo. Esperou o fim do ano escolar e a partida de Léna para colocar seu projeto em prática — sabia que ela se oporia com unhas e dentes. Foi tudo pensado, planejado. Uma traição, violentamente orquestrada.

* * *

    Ao casar Lalita, ele se livra dela definitivamente: desde que Anbu chegou, ela não tem serventia alguma. É apenas um fardo, mais uma pessoa a alimentar, a abrigar. Nem deve pesar na consciência dele, pensa. Como todos os chefes de família do vilarejo, ele sem dúvida está convencido de seu direito, de que cumpriu seu dever ao entregá-la à autoridade e à proteção de um marido. A mudança de religião não transformou seus costumes nem suas convicções: adorando Jesus ou Shiva, ele é o produto de uma tradição enraizada há séculos na comunidade.
    James deve ter negociado ferrenhamente, discutido por horas a fio com os pais do futuro noivo por um dote de valor insignificante. Uma órfã, uma menina abandonada, filha de uma limpadora de latrinas e de um caçador de ratos... Léna imagina tranquilamente os argumentos que invocou para cedê-la a um preço baixo. Ela se repreende por não ter previsto aquilo, por não ter antecipado a traição máxima do dono do restaurante.

    Quando por fim chega à escola, encontra Kumar no meio do pátio, cercado pelas garotas da brigada, que acabaram de chegar. O professor tem o rosto inchado. *Eles derrubaram a porta*, explica, ofegante. *Tentei resistir, mas eram muitos... Eles a levaram.*

    Basta um segundo para Preeti dar o sinal. Com um gesto, ela manda a tropa montar nas motonetas. *Todas para o* dhaba*!* Léna corre, também vai! Kumar igualmente dispara, apesar de seu estado: de jeito nenhum vai ficar ali parado! Ele sobe na garupa de uma tenente, e o esquadrão dá a partida e segue na direção do mar, a toda velocidade.

Na rua do *dhaba*, decorado com flores e guirlandas de papel para a ocasião, já há vários veículos estacionados. Convidados aguardam na laje pela chegada da jovem noiva. As lambretas da brigada chegam com um alarde ensurdecedor e estacionam na porta do restaurante.

Cercada por uma escolta musculosa que não lhe deixa a menor esperança de fuga, Lalita aparece, de braços dados com James. Usa um vestido vermelho e dourado, grande demais, que Mary sem dúvida pegou emprestado de uma tia ou vizinha. Perto dali está seu futuro marido, um homem de mais de 30 anos que, ao vê-la chegar, analisa sua silhueta e seus traços. Lalita parece apavorada. Lembra uma corça congelada diante do farol de um carro, na estrada, em plena madrugada. Na mão, aperta a boneca de Phoolan Devi, lembrança dos pais, que Mary tenta fazê-la soltar enquanto o *pandit* espera, suspirando de impaciência.

De repente, uma armada de combatentes em vermelho e preto surge e se lança contra James e os primos. Um observador de fora poderia pensar que era um assalto ou uma operação do Exército. Usando os pés e os punhos, Preeti e suas garotas derrubam o dono do restaurante, que cai com tudo no bufê, arrastando na queda os vários pratos preparados para a ocasião. Os outros homens da festa tentam intervir, mas as tenentes não têm medo da briga. Kumar também não para. As técnicas do *nishastrakala* e do *kalari* reunidas se mostram de uma eficiência notável. A laje logo se transforma em arena. Deixando a raiva correr solta, Preeti luta como uma leoa. No meio do embate, Léna consegue encontrar Lalita e pegá-la no colo. Aos trancos e barrancos, consegue levá-la até a saída, enquanto Preeti recupera a boneca, que arranca das mãos de Mary, paralisada.

Com um assobio potente, a chefe chama a tropa e ordena o recuo. Na velocidade da luz, as garotas vão embora, voltam para as motocas. Léna ajuda Lalita a subir entre ela e Preeti. Fora de si, James tenta alcançá-las, mas a brigada já está se afastando. Ele vitupera contra Léna e Preeti, cobre-as de palavrões, grita que nunca mais quer olhar na cara de Holy.

O que vem depois, elas não escutam. A chefe pisa fundo no acelerador e vira a esquina, levando-as para longe do *dhaba* para todo o sempre.

Na lambreta, voando a toda, vem a Léna um sentimento estranho: o de ter encontrado uma família. Ela sente a silhueta frágil de Lalita junto a si e a energia poderosa de Preeti, que as carrega. Estão ali, as três, feridas mas vivas. Três lutadoras, três sobreviventes, três guerreiras. As três atravessaram o inferno e saíram vivas. Não é preciso ter o mesmo sangue para ser irmã, filha ou mãe, pensa Léna. Ela pondera que a vida depende apenas de uma linha, a linha de uma pipa carregada por uma criança. Uma linha que as une ali, no presente.

Epílogo

> *"Você não é seu país, sua raça, sua religião. É seu próprio eu, com sua esperança e a certeza de ter liberdade. Encontre esse eu, apegue-se a ele, e viverá são e salvo."*
>
> O Grande Marajá, *Less is more*

O *Mahabharata*, poema épico da Índia antiga, conta que Krishna foi ferido em guerra, no combate contra o rei Shishupal. Quando seu dedo sangrou, sua adepta, Draupadi, rapidamente rasgou um pedaço de pano e amarrou ao redor de sua mão para estancar a hemorragia. Em agradecimento por esse gesto, Krishna prometeu dar a ela sua proteção incondicional.

Dessa história nasce a festa de Raksha Bandhan, celebrada todo ano na lua cheia do mês de Shravana, em agosto. É comumente chamada de festival dos irmãos e das irmãs. Embora, tradicionalmente, a irmã ofereça uma pulseira ao irmão em sinal de afeto, o costume se estendeu a todo vínculo fraternal entre quaisquer pessoas.

* * *

Para a ocasião, Preeti vestiu um sári. Normalmente pouco feminina, invariavelmente de uniforme de combate, ela parece transformada. Para Léna, as garotas costuraram um *salwar* que acabam de ajustar, antes de passar pelo pescoço dela um colar de flores. Ao ver-se assim paramentada, Léna fica comovida: essa roupa vai muito além da vaidade. É um modo de dizer a ela: você é das nossas, faz parte dessa comunidade.

A cerimônia começa com o acender de uma pequena vela. De pé, na frente de Léna, Preeti amarra no punho dela um *rakhi*, um cordão trançado. De acordo com a tradição, ele é sagrado e materializa o vínculo entre elas, agora indefectível. Em seguida, Preeti recita votos que lhe desejam boa saúde e prosperidade, antes de pintar em sua testa um *tilak*, uma marca de cor que trará sorte e felicidade.

Não é uma mera homenagem à amizade delas, mas uma cerimônia de adoção: por meio desse ritual, Preeti e Léna viram irmãs. A chefe perdeu a própria irmã anos atrás, e reencontra uma nova hoje. Em sânscrito, *raksha* significa "proteção" e *bandhan*, "amarrar". O elo que as une transcende o nascimento, o pertencimento a determinado país ou a determinada religião.

Ao redor delas, se reuniram as garotas da brigada, os alunos da escola e seus pais, assim como parte dos moradores do bairro, cuja presença dá ao evento um ar estranhamente solene.

* * *

Depois de Preeti, vem Lalita: ela também trouxe uma pulseira para Léna. Ela também a escolheu, designou. Léna sorri, emocionada. Pensa que, depois de tantas provações, a vida lhe trouxe um presente. Que estranha ironia: ela, que nunca teve filhos, se vê adotada. Ela, que a tragédia privou daquele que amava, reencontrou um clã, uma família. Ela, que vagava à deriva entre dois continentes, agora está firmemente ancorada.

Depois do salvamento de Lalita, ela não voltou à França. Decidiu continuar vivendo ali. A menina precisa dela, de sua companhia. Como era impensável expandir a construção dos alojamentos na escola, Léna está procurando um lugar para morarem, todas as três. Passeando perto do mar, ela encontrou um terreno, e considera construir uma casa. O espaço não é grande, mas tem uma vista bonita — e, além do mais, está livre de cobras.

Nunca será a Bretanha, o Golfo de Morbihan com que sonhava François, mas, sim, o de Bengala, revolto e ardente, uma terra tão árida e insondável quanto o coração de seus habitantes. Se os velhos hindus costumam dizer que o mundo nunca é o que parece, este, certamente, ainda não revelou todos os seus segredos.

A partir da sensação de estar dividida entre dois mundos, entre duas vidas, Léna entendeu a necessidade de ser seu próprio refúgio, seu próprio abrigo. O que ela possui cabe em uma só mala, como aquela bolsa que os bonzos recebem ao serem ordenados: como sinal de renúncia aos bens materiais, eles não devem guardar nada além do que cabe ali. Léna viveu o luto de sua vida passada, de sua vida sonhada e de uma certa ideia de si. Ela se livrou de tudo que antes lhe parecia essencial. Sabe, agora, que encontrou seu lugar, que não precisa mais procurar. Que o ar, a luz, o céu, a terra, as árvores, as cores, os cheiros e o nascer do sol são dela. Que essas crianças são dela. Que ela pertence ao mundo, como o mundo lhe pertence.

Todo dia, ela espera no pátio a chegada dos alunos. Naquela volta às aulas, a escola conta com três novos recrutas, crianças do bairro. Um pouco intimidados nos primeiros dias, eles não demoraram a se integrar. Daqui a pouco será preciso abrir outra turma, pensa. Ela sabe que haverá outras disputas, sem dúvida outras tragédias, outros casamentos, outros Anbus em outros *dhabas*, mas também outras vitórias e alegrias.

Por enquanto, Léna quer pensar apenas nas crianças brincando ao redor da enorme figueira: parece que a vida está ali, inteira em seus risos, seus cabelos desgrenhados, seus desenhos, seus cantos, suas pipas de papel. Ela pensa na vida que a carrega e arrasta, como um rio impetuoso, indiferente a seus tormentos. A vida que continua apesar de tudo, apesar de absolutamente tudo.

A vida, sempre, apesar de tudo.

Agradecimentos

A Juliette Joste e Olivier Nora, pela confiança, assim como a toda a equipe da editora Grasset.
A Jacques Monteaux, pela amizade e generosidade, que alimentaram a escrita deste romance.
A Hélène Guilleron e Ganpat, que aceitaram me contar sua história.
A Mukesh, pela ajuda tão preciosa.
A Sarah Kaminsky, pela bondade e pelo apoio constante.
A Fatima Pires, pela entrevista que me concedeu.
A Laurence Daveau, pelos conselhos sábios.
Aos meus pais, meus primeiros leitores.

E a Oudy, todo dia do meu lado.

1ª edição	ABRIL DE 2025
impressão	BARTIRA
papel de miolo	IVORY BULK 65 G/M²
papel de capa	CARTÃO SUPREMO ALTA ALVURA 250 G/M²
tipografia	ADOBE GARAMOND PRO